Siete tumbas en Cañón Diablo

David Laguillo

CAPÍTULO 1.

BAJO EL GRUESO MANTO DEL CACIQUE

El sol de la tarde, que ya emitía sus últimos suspiros, bañaba con su anaranjado esplendor la sangre que brotaba del pecho del sheriff, que yacía muerto en mitad del desierto. Los brazos del guardián de la ley de Cañón Diablo, la ciudad maldita y con peor fama del estado, caían gélidos y yermos sobre la arena, mientras los ojos permanecían todavía abiertos bajo la atenta mirada de un buitre que, a lo alto, rondaba al cadáver.

Tres agujeros de bala, de los que todavía seguía manando abundante sangre, adornaban el pecho del sheriff. Jack no había sido un buen sheriff, ni tampoco era el primero que moría con la estrella puesta.

Había sido un hombre corrupto y con oscuras conexiones con los bandidos y ladrones de ganado del lugar, a quienes dejaba campar a sus anchas porque todos estaban bajo el mando del temible y poderoso Harry McGuire, el terrateniente más rico de Cañón Diablo.

A lo lejos, mientras el adormecido fluir del viento del desierto levantaba pequeñas ondas de arena en el aire, se veía llegar una figura oscura, apenas enfocada desde el horizonte.

Con sus botas de cuero negro a media altura de la pierna, y su férreo sombrero también negro calado con firmeza proyectando sombra sobre su rostro curtido e impenetrable, los pasos fueron haciendo llegar, lenta, a la oscura figura para postrarse cerca del cadáver.

—Hoy ya habéis comido bastante —dijo el hombre, dirigiendo sus palabras hacia el cielo donde ahora eran varios los buitres que revoloteaban sobre los restos del sheriff—.

El hombre fijó su vista en las señales de picoteo que había en los agujeros de bala, donde las alimañas habían saciado su hambre. La mano del hombre se acercó al pecho del muerto para arrancarle la estrella que lo distinguía como sheriff.

—Esto ya no te hace falta...aunque nunca

fuiste digno de esta estrella –dijo mientras se guardaba la estrella en el bolsillo derecho de su chaleco negro–.

Aquel misterioso hombre tenía los ojos pequeños, de color azul, pero vivarachos e intensos. En su rostro, de piel dura, curtida y tostada por el sol, destacaba una ancha nariz, bajo la cual lucía un denso bigote que adornaba una pequeña boca en la que descansaba un puro, en estos momentos apagado.

Tras mirar al cadáver con cierta desidia en sus ojos, el hombre se levantó mientras hizo la señal de la cruz y, al erguirse, el sol hizo brillar un alzacuello como distintivo en su camisa.

Josh Green era el cura de Cañón Diablo, pero eso no era ningún impedimento para que dos pistolas fueran las imprescindibles herramientas que siempre lucía a ambos lados de su cintura, y ser el ministro de Dios tampoco era problema para que de su boca siempre salieran palabras malsonantes y juramentos más propios de cualquier tabernero que del cura del lugar.

En ocasiones, Green repartía improperios y balas casi con la misma facilidad que rezos.

Era, sin duda, un peculiar método de evangelización, que mezclaba la religión con los rotundos disparos de su Colt 45. En la culata del arma se veía un crucifijo labrado bajo el que lucía, en latín, la expresión

"Iustitia".

Para sobrevivir en Cañón Diablo, había que olvidarse las medias tintas y las actitudes pusilánimes. El lugar, plagado de bandidos, requería un carácter duro y fuerte si se quería salir adelante entre tantos desalmados. Green rezaba por todos los muertos, y cada día eran más, desde que McGuire y sus secuaces se hicieron fuertes en la zona imponiendo su ley. Por eso siempre llevaba sus pistolas bien cargadas. Josh Green era un hombre de férreos principios vitales, con una forma de encarar la vida que transmitía sabiduría a su alrededor.

Emprendió su camino, bajo el sol abrasador, hacia Cañón Diablo, donde debía avisar al sepulturero para recoger el cuerpo y preparar el sepelio, que correría a cargo del estado porque el sheriff no tenía familia. Nadie reclamaría nada por la muerte violenta de ese falso servidor de los ciudadanos.

✶✶✶✶✶✶✶✶✶✶✶

A media hora del recóndito paraje del desierto donde yacía el cadáver, Ludmila Straton, emigrante rusa de padre americano, se apresuraba a coordinar a sus chicas para abrir el saloon.

El local, llamado Funny Black Horse, era un tugurio infecto, de una suciedad tan arrogante que resultaba casi entrañable. A los vaqueros que allí frecuentaban para rondar a las chicas, al menos, les debía de encantar el lugar, pese a la suciedad reinante, porque acudían allí con alegría.

Docenas de vaqueros con ganas de gastar su jornal inundarían el lugar, sedientos de alcohol y mujeres, y Straton tenía que despertar a sus chicas para mostrarles unas nuevas prendas de ropa que le habían enviado desde Europa.

Comenzaron a llegar varios vaqueros borrachos y otros se estaban preparando para sus apuestas y póquer. En el salón había unas banderolas festivas muy coloridas, porque se había decidido organizar un festín para animar la semana en la que la mayoría de los vaqueros cobraban su jornal y se fundían buena parte del dinero rápidamente, pasando penurias el resto del mes hasta cobrar de nuevo.

Se habían colocado mesas contra la pared para dejar libre el centro del saloon como pista de baile, y las botellas de whisky empezaron a correr como la pólvora sobre las mesas restantes, servidas por las atractivas señoritas del local. En apenas unos minutos, el Funny Black Horse se llenó de vaqueros, humo, alcohol y ruido. Cartas y más cartas de póquer pululaban con fervor por la madera de las mesas.

En una de las mesas, un hombre tenía dos ases y tres reyes, un full en toda regla, y decidió apostar. Sin embargo, uno de sus oponentes en la misma mesa, al ver las cartas, tenía tres ases y dos reyes. Algo imposible para una baraja de póquer que solo tiene cuatro ases. De repente, uno de los vaqueros se levantó con brusquedad de la mesa, gritando.

— ¡Tramposo! —gritó el vaquero desde una esquina del local—. ¡Te has sacado una carta de la manga, rufián! —espetó a su contrincante de la partida de póquer—.

Esta vez parecía que la primera pelea era madrugadora. Las peleas por el póquer estaban a la orden del día en el Funny Black Horse.

— ¡Mientes! Lo que no quieres es pagar tus deudas de juego — respondió el otro —.

— ¡Ese as, ese as! ¡Te lo sacaste de la manga! —insiste el vaquero, señalando al brazo izquierdo de su oponente—. ¿En qué baraja hay cinco ases?

— ¡Perro moroso y rastrero! ¡Dame mi dinero o te tragarás tus palabras! —sentenció el acusado —.

El segundo hombre, al decir esas últimas palabras, llevó su mano derecha al revólver que tenía en su cinto. Era un individuo moreno, y de modales rudos y groseros. No parecía el tipo de hombre al que se podía tomar a broma. Además, formaba parte de la banda de McGuire.

— ¡Sal fuera si eres hombre! —dijo el que reclamaba que el otro hacía trampas —. Muéstrame las mangas de tu camisa. Quiero ver si llevas algo debajo.

El otro hombre, con la mano posada sobre el revólver de su cinto, avanzó lentamente hacia la puerta del saloon y, seguido por el otro y sin dejarse mirar ambos a los ojos en ningún momento, los dos hombres salieron a la calle a retarse a duelo.

— ¡Te haré morder el polvo, mugriento moroso! —exclamó el hombre de la banda de McGuire —. Así aprenderás que las deudas de juego hay que pagarlas, y no quejarse como un bebé por las cartas en la manga.

Sin saber cómo acabaría el tema, ni cuál de los dos hombres haría morder el polvo al otro, Ludmila volvió la mirada hacia su barra y volvió a sus tareas habituales.

En realidad, a casi nadie le importaban demasiado estas reyertas por deudas de juego. Las reyertas eran tan habituales que el único habitante de Cañón Diablo que mostraba interés en ellas —un interés puramente económico— era el dueño de la funeraria, el único empresario próspero que se estaba forrando con la situación actual de la zona.

Acostumbrada a este tipo de situaciones en su local, Ludmila dirigió hacia los hombres una mirada aburrida, sacó una botella de whisky y un pequeño vaso, y se tomó un primer trago con el que se animaría para la dura jornada de viernes que le esperaba en el saloon. Ludmila era una hermosa mujer de veinticinco años de edad, con una larga melena rubia, hermosos y grandes ojos marrones, y unos pechos generosos que parecían querer saltar desde el apretado escote.

¡Bang! Desde el exterior se oyó el ruido del disparo, y Ludmila giró su cabeza ligeramente para mirar por la ventana y ver que el hombre de la banda de McGuire había abatido al otro de un disparo. Y, probablemente, sí tenía ases en la manga y hacía trampas jugando al póquer. Rápidamente, el encargado de la funeraria apareció en la calle, como surgido de las sombras, y se puso a medir al fiambre para el ataúd.

En ese momento las manos de Green, quien tampoco había prestado mucha atención al duelo que tuvo lugar en la calle, empujaron la puerta y el hombre se adentró en el local. Tomó un asiento en la barra.

—Whisky —espetó el cura, que estaba sediento porque acababa de regresar del desierto—. Esos malditos buitres...y el duro camino del desierto. Tengo la boca seca.

— ¿Cuántas horas llevaba muerto, padre? —preguntó Ludmila, con cierto tono de falso interés, mientras sacaba otro vaso y acompañaba al padre con otro trago de whisky para ella—.

—La sangre aún estaba fresca —respondió Green antes de tomar su whisky de un solo trago—. Y los buitres se estaban dando un buen festín. Creo que lo acribillaron a balazos hacia el mediodía. Lo que no sé es porqué lo llevaron a ese lugar tan apartado. Si no hubiera sido por aquel viajante de medicinas que nos avisó, no hubiéramos encontrado el cuerpo en varios días.

—Quizá McGuire y los suyos quisieron esta vez cometer su crimen con cierto sigilo, y por eso llevaron el cadáver tan lejos.

— ¿Sigilo? ¿Por qué? McGuire sabe de su impunidad en esta zona. No veo ningún motivo para que empiecen a ser sigilosos ahora, cuando han cometido crímenes terribles a la vista de todo el pueblo de Cañón Diablo...

—Quizá, pero he oído que McGuire tiene aspiraciones políticas, que quiere dar el salto más allá de este pueblo, y puede que no le convenga causar más escándalos. Sus hombres, de todas formas, son de todo menos discretos. Dudo que Kurt y los suyos sean capaces de llevar a cabo las tareas de McGuire con discreción, son una panda de bestias salvajes.

—Política de carroñero...si eso es cierto, corre más prisa que nunca detener sus aspiraciones. Si consigue un buen puesto en la política estatal, su poder se extenderá como una perniciosa tela de araña. Y será cada vez más difícil librar a este pueblo de su yugo.

—Necesitamos un buen sheriff. Alguien honesto, que sea capaz de aunar a la población para que podamos hacer frente al cacique. Jack nunca fue un buen sheriff, nadie sentirá pena por él. Nadie lamentará su muerte. Lo último que oí en comentarios por el pueblo fue que McGuire le había pagado mil dólares por dejar que su banda robase la propiedad de tres casas al sur del pueblo. Los pobres dueños legítimos no pudieron hacer nada, McGuire puso su nombre en los títulos de propiedad, y el sheriff lo permitió sin pestañear...

—El cielo lo juzgará — respondió Green — y sus pecados no quedarán impunes.

Ludmila esbozó una pequeña sonrisa.

—Quizá tenga usted razón, padre. Pero me gustaría más que alguna vez se hiciera justicia en la tierra. La justicia en el cielo, si llega, es demasiado tardía para todos nosotros, pobres mortales. Además, mientras llega esa justicia, la estrella del sheriff está sin dueño...

—Llevo su estrella en mi bolsillo. Hay otras salidas...McGuire domina Cañón Diablo porque, como dices, no hay unión en el pueblo. Cada persona actúa de forma individual, y así es como McGuire consigue tener a todo el pueblo atemorizado.

—Siempre es la misma historia...no tenemos más que dos opciones: o mezclarnos con los negocios turbios de McGuire o enfrentarnos a él. Y en ambos casos el resultado suele ser el mismo —reflexionó Ludmila—.

—Eres pesimista...como te digo, hay más salidas.

—Soy realista, si estoy equivocada dígame

usted qué otras opciones tenemos en este asqueroso lugar...alguien tiene que hacer algo.

—Curiosa palabra.

— ¿Cuál?

—«Alguien». Siempre que decimos «alguien» estamos pensando en nuestras propias excusas para no hacer nada.

La voz ronca y dura de Josh Green había vuelto a retumbar en la barra del saloon, como muchas otras veces cuando el padre emitía sentencias tan rotundas. En ese preciso momento, cuando Green expuso su peculiar visión de la cobardía que hace derivar la responsabilidad hacia un "alguien" difuso, el cura metió la mano al bolsillo de su chaleco y tocó la estrella del sheriff.

«Es usted muy sabio», pensó Ludmila pero no lo expresó con palabras, en lugar de eso, cuando el padre se levantó de la silla después de arrojar una moneda a la barra para pagar su trago, Ludmila dedicó al padre una mirada mezcla de admiración y ternura, acompañándola con una leve sonrisa de aceptación que sus carnosos labios con un intenso carmín rojo esbozaron con extrema belleza.

Un tenue rayo de luz, que entraba de forma casi furtiva desde la ventana del saloon, iluminó con reflejos multicolor los ojos de esa tierna e intensa mirada de Ludmila.

—Quizá algún día «alguien» haga algo —

afirmó Green antes de abandonar el saloon camino del sepulturero, con la mano sobre la puerta y la vista fija en la dulce mirada de Ludmila. Al salir, guiñó un ojo hacia Ludmila y con su mano derecha esbozó en el aire el gesto de la cruz, en actitud de bendición—.

****

La ciudad era propiedad absoluta de Harry McGuire y su banda, todos estaban a sueldo o atemorizados por el todopoderoso cacique. Por las polvorientas calles de Cañón Diablo paseaban cientos de almas que debían favores y acumulaban temor hacia McGuire y su terrible ira.

McGuire tenía su cuartel general en una gigantesca hacienda a las afueras, una especie de fortaleza inexpugnable custodiada por una veintena de cuatreros, asesinos, ladrones y maleantes a quienes McGuire pagaba generosamente para asegurarse su lealtad.

Allí era desde donde manejaba todos sus negocios turbios, y también desde donde daba apariencia legal a su otra vida pública, mucho más pudorosa y con un falso halo de honestidad. Así, revestía — o pretendía revestir — sus numerosas actividades criminales con otras actividades legales que utilizaba para intentar crearse una imagen social respetable fuera de Cañón Diablo.

Harry McGuire decía ser, entre otras cosas,

inversor inmobiliario y filántropo, y sus actividades delictivas, mayoritarias y muy lucrativas, las enmascaraba de vez en cuando pagando algunas fiestas en Cañón Diablo en las que no faltaba alcohol. A esas fiestas invitaba a la alta sociedad de toda la zona, desde Cañón Diablo hasta Nueva Orleans, nadie que estuviera dentro de los círculos de la alta sociedad, o que pretendiera estarlo, se perdía las fastuosas celebraciones de McGuire, porque todos sabían que en esos círculos sociales había muchas posibilidades de hacer negocios, tanto legales como ilegales. En esas fiestas se intercambiaban grandes puestos en la administración, y grandes negocios se cerraban entre nubes de alcohol, tabaco, grandes vinos y lujosos vestidos.

El dinero se movía con soltura en las manos de McGuire, pero el grueso de su inmensa fortuna no provenía de las actividades legales, sino de la usura, robo, prostitución y tráfico ilegal de tabaco, armas y ganado robado.

También se sabía que sus órdenes estaban detrás de la muerte de muchos ciudadanos que no colaboraban, personas que no se dejaban pisar, y muchos funcionarios que no se habían dejado corromper para ocultar sus actividades. Cualquiera que retase a McGuire era un muerto andante y sus horas estaban contadas.

Era un hombre rudo y un criminal ruin y

desalmado, pero de gran inteligencia, a quien le perdía su ego desmesurado y sus ganas de buscar el reconocimiento social a través de los crímenes que intentaba tapar con sus otras actividades legales. Ese ego le había llevado a intentar presentarse como candidato a Gobernador del Condado, pero no había conseguido presentarse porque su mala fama había llegado a los oídos de las más altas esferas del país, que usaron todos los métodos a su alcance para cortar las alas de McGuire. Pero McGuire no se cansaba, y tenía nuevos planes para llegar a entrar en política. Guardaba un último as en la manga con el que estaba seguro de lograr sus planes para entrar en los círculos del poder político, que hasta ahora le habían sido negados.

Físicamente, McGuire era un tipo escuálido y de complexión ruin y débil. Tenía el pelo oscuro y los ojos marrones, y una poblada barba negra cubría su cara.

A su alrededor tenía a los peores rufianes venidos de los lugares más recónditos del país, huidos por múltiples causas y refugiados en Cañón Diablo porque sabían que la ciudad estaba dominada por el caos y el crimen. Dentro de esos rufianes, su mano derecha era Kurt, un cruel hombre con una enorme cicatriz en el lado derecho de su cara de quien se decía que había matado a más de 20 personas en toda su vida, incluyendo a su mujer y al amante de esta a quienes sorprendió acostándose juntos. McGuire, que sostenía un enorme puro en su mano, ordenó llamar a Kurt a su presencia.

Cuando Kurt llegó al despacho de McGuire, lo encontró a punto de encender su gigantesco puro. El despacho era ostentoso, decorado con numerosos y caros muebles traídos desde Francia especialmente para el terrateniente, y la moqueta de color rojo con motivos florales hacía juego con los pantalones color granate del cacique, quien miraba a Kurt con ira a través del monóculo que sostenía en su ojo derecho.

—Tiramos el cuerpo del sheriff en el desierto, como usted ordenó, patrón —dijo Kurt —.

—Bien —respondió McGuire, entornando una pequeña sonrisa victoriosa en su rostro —. Me gusta enviar el mensaje social de que nadie me puede llevar la contraria. Incluso mis colaboradores, aquellos a quienes he comprado la voluntad a cambio de su silencio o su apoyo, debéis saber que soy yo quien, en todo momento, tiene el poder. Nadie cuestiona mis órdenes, y el difunto sheriff se pasó de listo...quiso dármela con queso...jugar a que él era más poderoso que yo, y perdió, obviamente.

—Sí, jefe —asintió Kurt —. Aquí es usted quien manda, los muchachos y yo lo tenemos claro. Nunca he pensado en traicionarle, y no he oído a ninguno de los hombres tramar ninguna traición contra usted.

—Bien, hacéis bien con vuestra lealtad, es lo que os conviene. Además, os pago demasiado bien —dijo mientras sonreía—. Otro tema: —agregó McGuire — se nos están yendo de las manos los cobros de las mensualidades a morosos. Quiero que pongas orden en esa línea de negocio. No podemos dejar que nuestros arrendados tengan tantas mensualidades en deuda retrasada. Si lo hacemos, nos perderán el respeto. Tenéis que ir a cobrar la deuda mensual de 1.000 dólares a la granja del viejo Smith —dijo McGuire—. Es mucho dinero, no podemos dejar que las deudas se acumulen sin pago. Se van a pensar que nos pueden tomar a broma, y nada más lejos.

—Cuando fuimos el mes pasado solo pudo pagarme 150 dólares y tuvimos que ajustarle las cuentas. Ya casi no le quedan dientes que le podamos arrancar —respondió Kurt—. Por culpa de la sequía el viejo no ha tenido una buena cosecha. Y en otros casos similares también ha pasado lo mismo, este año el clima no ha sido bueno y los granjeros tienen problemas para pagarnos.

McGuire montó en cólera por las excusas de su empleado.

— ¡No me importa! —gritó McGuire—.

¿Acaso nos pagan más dinero de la renta cuando tienen buena cosecha? ¡Somos muy generosos con él, este año solamente le hemos subido la renta por sus tierras un 40%!

—De acuerdo, jefe —respondió Kurt—. Seremos más duros con ese malnacido. Pero creo que tiene ayuda. He oído en el pueblo que, después de nuestra visita del mes pasado, ha pedido ayuda a un sucio indio, o un mestizo.

— ¿Un indio ayudando al viejo Smith? ¡Lo que nos faltaba! —exclamó McGuire.

—Sí, al parecer es una especie de hechicero. Un tipo siniestro, misterioso, pero dicen que es muy fuerte y que sabe disparar.

— ¿Y cómo se llama ese maldito hechicero indio?

—No estoy seguro, pero creo que, según decían en el pueblo, su nombre es Tomka, o algo así.

—Intenta conseguir más información, pero sé discreto —dijo McGuire, entornando los ojos—. No queremos que ese indio se convierta en un problema si ayuda a Smith o a otros de nuestros arrendatarios. Y si causa problemas, ya sabéis lo que tenéis que hacer tú y los chicos...

—Sí, jefe. Investigaré sobre ese indio y evitaré que se corra la voz de que nuestros arrendatarios pueden negarse a pagar si les ayuda el tal Tomka.

—Espera —espetó McGuire—. No olvides que, además de la renta, hay que seguir buscando el oro. Estoy seguro de que el maldito viejo lo tiene escondido en algún lugar de su mugrosa granja. Cuando muera el viejo, que no será tarde, hay que remover hasta el último gramo de tierra para localizar el oro. Es mucho dinero y lo quiero conseguir.

El oro al que se refería McGuire era casi una leyenda en Cañón Diablo. Diez años antes, una pequeña banda compuesta por tres miembros incluyendo al viejo Smith, atracó una diligencia que cruzaba el desierto cargada de oro hasta los topes.

La justicia nunca pudo demostrar que Smith tomó parte activa en el atraco, y él siempre argumentó, en los comentarios que hacía en el pueblo, que fue forzado por una mala amistad que había amenazado con dañar a su nieta Sylvie si no les ayudaba a ejecutar el atraco.

El inmenso botín, sin embargo, nunca fue localizado y todos los rufianes de la zona le dieron credibilidad al rumor de que Smith lo tenía guardado en su granja. No era la primera vez que alguna banda intentaba colarse en la granja del viejo Smith para buscar el tesoro. En los últimos intentos, sin embargo, la presencia del férreo Tomka, fiel amigo de Smith y de Sylvie, siempre conseguía hacer huir a los rufianes.

Kurt abandonó el despacho de McGuire y salió a buscar a varios hombres para montar en sus caballos y marchar hacia la granja de Smith.

El camino era largo, seco y duro, porque la zona donde estaba la granja del viejo Smith estaba muy a las afueras de Cañón Diablo, en una enorme extensión de tierras que McGuire había conseguido por poco dinero y utilizando la extorsión o el engaño con los títulos de propiedad. Cuatro hombres, de la peor calaña, acompañaban a Kurt para ejecutar el cobro y conseguir pistas para localizar el oro que creían escondido en la granja.

—Ese oro tiene que ser mío —masculló McGuire cuando se quedó solo —. Y lo será —sentenció, mientras daba un puñetazo en la mesa que hizo saltar un tintero que había en su escritorio —.

CAPÍTULO 2.

MASACRE EN LA GRANJA

Steve Smith, el 'viejo Smith', como todo el mundo le conocía, había llegado hace veinte años a Cañón Diablo desde Carson City, huyendo de las malas influencias que tenía como amistades en aquella gran ciudad.

Sin embargo, las malas influencias le persiguieron hasta Cañón Diablo y no pudo librarse de sus viejos 'amigos' con tanta facilidad como hubiera querido. Por ese motivo se vio envuelto, sin querer, en el turbio asunto del robo del oro, y la única razón por la que su nombre salió en el expediente fue por proteger a su nieta, y sus compinches escondieron el oro en su granja antes de ser detenidos, juzgados y ejecutados.

El viejo Smith se encontraba dando de comer a sus escuálidos caballos, los mejores ejemplares que podía permitirse con los escasos beneficios de su granja. La granja era una gran extensión de terreno, pero solo había tres construcciones de madera en la propiedad: el granero, el establo y la casa donde vivían Smith, Sylvie y Tomka.

La granja había sido conseguida por McGuire con engaños y extorsión, de un colono que tuvo mala suerte con el póquer. Smith arrendó las tierras para, en el ocaso de su anciana vida, conseguir algo de dinero y dejar un futuro a su nieta Sylvie. La joven se quedó desde pequeña al cuidado de su abuelo al fallecer sus padres a causa de una enfermedad.

Desde la lejanía, el polvo del desierto que levantaban los cinco jinetes enviados por McGuire no presagiaba nada bueno. Kurt acercó lentamente su caballo, y se apeó con parsimonia para acercarse al viejo Smith, que se volvió para observar al rufián con recelo. Kurt se acercó al viejo dando pasos lentos, como dejando que el silencio creara un espacio de tensión entre paso y paso.

—Nos debes mucho dinero, viejo —dijo Kurt mientras encendía un puro—. Hemos venido a cobrar. Ya no hay más plazos de espera.

La mirada de Smith, pese a la edad, estaba llena de fuerza y odio reprimido. Los lacayos de McGuire, rufianes de la más baja estofa como Kurt y sus hombres, cumplían a rajatabla las órdenes del avaro usurero, quien ordenaba exprimir al máximo a sus arrendatarios. Y ellos, a decir verdad, disfrutaban con el sucio trabajo de extorsión.

—Dile a tu jefe —respondió el viejo— que no tengo más dinero. La sequía...

Kurt no dejó al viejo terminar la frase, y bramó:

— ¡No me vengas con cuentos, viejo! —le interrumpió Kurt— Otra vez la historia de la sequía. ¿A quién quieres engañar? Aquí nunca ha llovido mucho, estamos en mitad del desierto.

—Cortémosle un dedo —sugirió uno de los hombres de Kurt, con una siniestra y terrible sonrisa en su rostro. Los otros hombres estallaron en una sonora carcajada ante la sugerencia.

— ¡Sí, cortémosle un dedo! —apoyó otro —. Así nos dirá dónde está el oro.

El viejo Smith giró su cabeza al rufián que sugería cortarle un dedo, y empezó a gritar, mientras su mirada se cargaba de odio más y más.

— ¡No me hagáis nada, cerdos! ¡Dejadme en paz, malditos! —bramaba Smith mientras tres de los hombres se acercaron para sujetar al anciano. Pese a que eran tres hombres contra uno, el viejo no se rendía fácilmente y los rufianes tuvieron que emplearse a fondo para sujetar a Smith.

Uno de ellos sacó una navaja de grandes dimensiones mientras los otros dos empujaban a Smith al suelo y le obligaban a extender los dedos de su mano izquierda. En todo momento, el anciano se resistía con bravura.

— ¿Vas a pagar, puerco? —le espetó Kurt, mientras daba otra calada a su puro.

— ¡No tengo dinero, ya te lo he dicho! —contestó Smith— ¿Acaso estás sordo, maldito idiota? —agregó el viejo mientras luchaba contra los tres hombres e intentaba, sin éxito, escaparse. El barro del suelo manchaba todas sus ropas y su rostro, pero el viejo no daba su brazo a torcer con facilidad. Había llevado una vida muy dura y nunca se dejaba amedrentar fácilmente.

En la cocina de la granja, los gritos de Smith sirvieron para avisar a Sylvie, la nieta del anciano, que estaba preparando comida. Sylvie se puso nerviosa pero, aun así, fue capaz de salir de la cocina y guiar sus pasos hasta el granero, donde había un arma rudimentaria. Era un viejo rifle y en la granja no había mucha munición disponible, pero haría el apaño. Tomó el arma con firmeza en sus manos, y salió del granero en dirección a la finca, donde estaban los rufianes atacando a su abuelo.

La muchacha era una hermosa joven de cabellos dorados por el sol y brillantes ojos verdes, chica valerosa y decidida, y cuando apuntó el viejo rifle hacia uno de los hombres de Kurt, se mostraba muy dispuesta a disparar. Su abuelo la había enseñado bien, educada en la bravura.

— ¡Cuidado! —exclamó el hombre que sugería cortar el dedo a Smith—. ¡Vuelve a la cocina, las armas son para los hombres! —agregó mientras estallaba en una sonora carcajada de machista desprecio hacia la joven.

Sin embargo, lejos de amilanarse, Sylvie sujetó con fuerza el rifle y apuntó certeramente hacia la cabeza del rufián que quería cortarle el dedo a su abuelo.

¡Bang! La joven apretó el gatillo sin dudarlo y el golfo no tuvo tiempo de zafarse, una bala le atravesó la cabeza desde la frente, bañando de sangre sus ropas y el suelo.

—Las mujeres también sabemos disparar —espetó Sylvie al tiempo que la sangre manaba de la frente del rufián—.

El cuerpo inerte cayó sobre Smith, que consiguió apartarlo y trató de levantarse para acercarse a su nieta. Por desgracia para Smith, su nieta era certera tiradora, pero no muy rápida. Cuando Sylvie intentaba volver a cargar el viejo rifle, Kurt desenfundó su arma y, mientras apuntaba hacia la cabeza del viejo, le dijo:

— ¡Tu nieta ha matado a uno de mis hombres...un disparo en la cabeza sería demasiada misericordia para ti!

Entonces Kurt bajó su arma desde la cabeza del anciano, y apuntó al estómago.

—Será mejor un disparo en el estómago: una muerte segura, lenta y dolorosa...y que ella lo vea —sonrió al volver su rostro hacia Sylvie —.

Sin el más mínimo reparo, Kurt disparó al estómago del anciano desarmado: ¡Bang! El disparo sonó fuerte y rotundo, destrozando el estómago de Smith ante la angustiada mirada de Sylvie. La muchacha se acercó rápidamente al cuerpo de su abuelo, de cuyo estómago comenzó a manar abundante sangre.

— ¡Abuelo! —exclamó la joven entre sollozos —.

Sylvie, llorando, arrojó su rifle al suelo y se abrazó a su abuelo, cuyo aliento ya olía a muerte.

—Así aprenderéis a respetar a McGuire —dijo Kurt, dando una nueva calada a su puro—.

A varios metros de allí, Tomka se encontraba cortando leña cuando se alertó por los disparos y el jaleo proveniente de la granja.

Corrió tan rápido como pudo, en ayuda de Smith y Sylvie, a quienes Tomka guardaba un enorme agradecimiento por acogerle en su propiedad y por ayudarle a vivir en un lugar tan peligroso como Cañón Diablo.

Tomka era un indio mestizo, hijo de un hombre blanco que se enamoró de una mujer nativa india, y esa circunstancia hizo que, al principio, el racismo aflorase en ambos bandos: al principio de llegar allí, el hombre era un apestado tanto para indios como para blancos. Sin embargo, su reconocida bondad y sabiduría le estaban haciendo ganar, poco a poco, un gran aprecio dentro de la comunidad.

Tomka llegó rápido al lugar de la granja donde Smith agonizaba. Sylvie lloraba con desconsuelo infinito junto al cuerpo de su abuelo.

El indio se enfureció y en sus ojos, y en sus vigorosos brazos, el enojo se hizo carne. Entonces, Tomka hizo gala de su extraordinaria corpulencia física dando un sonoro puñetazo a Kurt.

¡Zas! El puñetazo de Tomka fue tan duro y certero que Kurt, pese a estar armado con su revólver, nada pudo hacer para zafarse de la embestida del indio. La embestida del indio fue tan rápida y rotunda que Kurt no pudo esquivar el ataque, cayó al suelo y los otros dos rufianes corrieron en su auxilio.

— ¡Maldito indio! —exclamó Kurt mientras caía al suelo—.

Al ver la tremenda fuerza del indio y su

impresionante presencia física, con su rostro curtido y semblante decidido, los golfos recogieron a Kurt y montaron en sus caballos. Se dispusieron a salir huyendo del lugar.

La mirada de Tomka reflejaba una fiereza infinita con un intenso brillo de fuego en sus ojos. A modo de amenaza que más les convendría tomar en serio, el indio lanzó estas palabras hacia la banda que huía:

—La próxima vez que me encuentre con vosotros —gritó Tomka, lo suficientemente alto para que Kurt y sus secuaces lo oyeran mientras huían— no os dará tiempo a escapar. Acabaré con vosotros. El Espíritu del Coyote me apoyará y os destruiré.

Mientras, Smith agonizaba, tumbado en un denso baño de sangre. En el suelo se había creado un inmenso lago sangriento.

El viejo, que ya se sabía en el final de sus días, recordó que tenía un secreto y que Sylvie debía ser su guardiana, por eso dirigió sus últimas palabras, con gran esfuerzo, a su nieta.

—Nunca...—mascullaba Smith a duras penas mientras le brotaba un hilo de sangre de la comisura de los labios—...nunca, querida nieta, les digas nada a esos rufianes...ya sabes de lo que hablo.

— ¡Abuelo, resiste, llamaremos al médico!

La nieta se aferraba desesperadamente a la vida de su abuelo, pero con cada lágrima, la realidad de la cercana muerte del anciano se abría paso entre la sangre que perdía Smith.

—Ya no hay tiempo —añadió Smith—. Ha llegado mi hora, mi herida es mortal. Tus padres —siguió hablando con mucho esfuerzo— me encomendaron cuidarte antes de morir juntos por aquella terrible enfermedad...

— ¡Ag! —seguía hablando Smith, cada vez con mayor dificultad—. Me encomendaron cuidarte pero soy demasiado viejo y no he podido luchar con fuerza contra estos malvados. McGuire es un maldito bastardo y tiene a su cargo a esos rufianes de la peor calaña...atemorizan a todo el pueblo...no he podido luchar con más destreza...pero Tomka te protegerá y te ayudará. Él es bueno y fuerte.

— ¡Abuelo! —lloraba Sylvie mientras abrazaba al anciano.

Tomka puso su mano sobre el hombro de Sylvie en señal de apoyo.

El anciano desfallecía con cada palabra, cada segundo de su voz suponía un tremendo esfuerzo. Entre los sollozos de Sylvie, que se encontraba abrazada a su abuelo, el viejo pudo emitir sus últimas palabras antes de fallecer.

—Cuídate mucho, y nunca jamás le reveles a McGuire nuestro secreto...

Sin terminar la frase, Smith exhaló su último suspiro y sus ojos se quedaron fijos y los párpados abiertos con una mirada inerte. Tomka se acercó al cadáver y con su mano cerró los ojos del cuerpo.

Kurt oyó perfectamente a Tomka, mientras huía del lugar para ponerse a buen recaudo en la hacienda de McGuire. Pero, en su precipitada huida, los rufianes cometieron el error de cruzar por el pueblo de Cañón Diablo, en vez de rodear el lugar para evitar sembrar más alarma entre los vecinos por sus fechorías. La acción en la granja, sin duda, había sido de todo menos discreta o sigilosa. A Kurt y a sus secuaces se les había ido la visita de las manos.

Josh Green había terminado de oficiar el entierro del sheriff y caminaba por el polvoriento centro de Cañón Diablo. Se giró al notar los caballos de Kurt y sus hombres cruzando el pueblo a toda prisa. Esa rapidez, para atravesar el pueblo en dirección hacia la finca de McGuire, no presagiaba nada bueno. Green miró hacia los huidizos malhechores y rápidamente comprendió que algo, y no bueno, había pasado.

Como rezando sin rezar, miró al cielo y deseó, sin mucha esperanza, que no hubiera pasado nada. Pero la cruda realidad, de nuevo, volvía a manchar los buenos deseos, embadurnándolos con sangre y crimen.

—Parece que vienen de la zona donde está la granja del viejo Smith —afirmó un vecino que estaba cerca de Josh—. Apuesto a que han tenido alguna bronca por la renta.

—Iré a ver —dijo Green—.

—Llévese la Biblia, padre —agregó el ciudadano, con gesto pesaroso—. Temo que le hará falta.

—A estos rufianes no los salvará ninguna de mis plegarias —respondió Green—.

Una señora de mediana edad cruzó la calle, con un niño de unos seis años de la mano, y se dirigió con un gesto de rabia hacia el ciudadano y Green.

— ¿Hasta cuándo vamos a seguir soportando esto, padre? No sé lo que habrán hecho ahora esos rufianes, pero puedo imaginar que será otro crimen más.

La mujer comenzó a llorar de rabia. Eran lágrimas duras y compactas, como lágrimas que se convierten en balas de rabia.

—Usted recordará a mi sobrino, padre. Usted ofició su funeral: ellos lo mataron solo por no plegarse a sus órdenes. Era un buen muchacho...tenía toda la vida por delante.

—Lo sé, mujer, —contestó Green— y comprendo tu frustración.

Green puso su mano derecha sobre el hombro de la mujer en gesto de consuelo, mientras con su mano izquierda volvía a tocar la estrella de sheriff que tenía guardada.

—No te preocupes. Esto va a terminar pronto. El infierno no puede esperar más para recibir a ese hatajo de rufianes.

—Gracias, padre —dijo la mujer con una lágrima, esta vez de alivio, en su rostro—.

—Se hará justicia divina...es una justicia muy distinta a la justicia de los hombres. Te lo prometo, mujer.

El cura se dirigió a su iglesia, que estaba ubicada casi a la salida de Cañón Diablo, abrió la puerta y entró en su despacho. Se quitó su sombrero y se sentó un momento. Meditó unos segundos, con su mirada hacia lo alto. Sentado en su escritorio tomó decisiones profundas que, a partir de ese momento, cambiarían su vida y las de quienes le rodeaban.

De su despacho cogió, siguiendo las indicaciones de aquel ciudadano, su Biblia, pero también cogió algo más. Abrió el cajón derecho de su mesa de trabajo, donde tenía guardadas varias cajas de munición para su revólver.

La mano del cura, habituada en condiciones normales a difundir el símbolo de la cruz, se mostró igual de fuerte a la hora de coger las tres cajas de balas que había en el cajón. Green distribuyó las balas en su cinto y en todos los compartimentos y bolsillos de su chaleco, y mientras se levantaba volvió a encajar el sombrero en su cabeza.

Llenó el cargador de su revólver, aquel Colt 45 labrado con la palabra "Iustitia", y lo sostuvo un momento en el aire, mientras continuaba mirando a lo alto, enfrascado en sus pensamientos y sus meditaciones. Se levantó y abandonó su despacho, en dirección a la iglesia, donde los pasos de sus botas retumbaron y reforzaron la sensación de determinación que irradiaba el hombre.

La mirada de Josh Green reflejaba determinación, fiereza contenida e inteligencia estratégica. Al salir de la iglesia volvió su vista hacia el crucifijo que presidía la sala de misas, y dijo con voz firme y decidida:

—Perdóname, porque voy a pecar.

Sus palabras retumbaron en las paredes del edificio sagrado como una firme promesa de aplicación de justicia divina. Y Josh Green portaba balas suficientes para aplicar esa implacable justicia divina y cumplir su promesa de liberación.

CAPÍTULO 3.

AMOR PROHIBIDO

Green salió de su iglesia y montó en su caballo. Puso rumbo a la granja del viejo Smith donde temía, con buen criterio y como vaticinó aquella mujer en el pueblo, que había sucedido una desgracia.

Después de galopar un buen rato pudo ver, a lo lejos, la dantesca escena: Sylvie estaba desmayada, en brazos del firme Tomka, y alrededor de ellos un océano de sangre y horror.

En el suelo, el cuerpo inerte del rufián de la cuadrilla de Kurt y el cadáver del viejo Smith. La sangre inundaba el suelo casi por completo.

Green se acercó a los cuerpos e hizo en ambos la señal de la cruz.

— ¿A ese también le sirves con tus rezos? — preguntó Tomka refiriéndose al cadáver del rufián —.

—Sí, es mi labor como pastor. No me puedo negar, aunque me repugna servir a estos desgraciados. ¿Sylvie está bien?

—Sí, se ha desmayado tras la muerte de su abuelo. La llevaré a su cama para que descanse. Prepararé un té especial que hacía el hechicero de mi tribu, eso le sentará bien.

—Avisaré al sepulturero —dijo Green a Tomka—. Tres cadáveres en pocos días...

—Cañón Diablo hace cada vez más honor a su nombre y se ha convertido en un infierno en la tierra —respondió Tomka mientras Sylvie se despertaba lentamente del desmayo y se sentaba en un tronco—.

—Así es. Y esto tiene que terminar —dijo el cura mientras volvía a tocar la estrella de sheriff—. No podemos tolerar esta situación ni un segundo más. ¿Quién será el siguiente? ¿Un hombre, una mujer, un niño, un anciano? Estos apestosos salvajes no se detienen ante nada, no tienen ningún remordimiento. El único idioma que entienden es el que hablan las balas de mi Colt...

****

Lejos de allí, en el despacho de Harry McGuire, Kurt irrumpió nervioso y atribulado, para informar a su jefe de lo que había pasado en la granja.

—Se nos fue de las manos, jefe — dijo Kurt mientras con sus manos daba vueltas a su sombrero por su nerviosismo —.

McGuire comenzó a ponerse furioso. Le resultaba cada vez más molesto que las acciones que encargaba no se llevaran a cabo con sigilo.

— ¿Qué ha pasado, maldito patán? — exclamó McGuire, visiblemente molesto ante cualquier contrariedad—.

—El maldito viejo, jefe. No estaba solo. El indio mugroso y su nieta estaban con él. Además el viejo se nos puso farruco, se revolvió y se resistió mucho. Tuvieron que sujetarle varios hombres. La cosa se puso muy fea y perdimos los nervios.

McGuire se mostraba cada vez más furioso, tanto que los párpados de sus ojos temblaban de rabia. Su boca, más que hablar, comenzaba a farfullar de forma rápida, por el enfado.

— ¿Una débil mujer, un decrépito viejo y un maloliente indio os dieron problemas? ¿Qué clase de hombres sois vosotros?—espetó McGuire—. No me puedo creer que se os manda hacer algo tan sencillo como cobrar una deuda, y en lugar de eso se organiza una masacre. ¡Inaudito! ¡Cuánta torpeza!

—Jefe, la nieta sabía disparar. Ella mató a uno de mis hombres con un certero disparo. —

se justificaba Kurt —.

— ¿Y el indio? —cuestionó McGuire —.

—El indio...es muy temible. De un solo puñetazo me derribó al suelo. No lo pude esquivar, fue muy rápido y posee una fuerza descomunal. Es un hombre fuerte y nos amenazó cuando huíamos. Mis hombres, jefe, temen enfrentarse con él.

Poco a poco, McGuire se fue calmando y su forma de hablar se tornó más pausada.

—Creo que todo este embrollo del oro sería mucho más fácil de solucionar si asaltamos la granja con discreción. Ahora que el viejo está muerto, podemos incluso idear alguna treta para sacar al indio y a la chica de allí mientras buscamos el oro—reflexionó McGuire, mientras volvía a fumar—.

El cacique siguió hablando mientras planeaba una nueva estrategia para descubrir la ubicación del oro.

—El viejo siempre negó en vida que tuviera el oro, pero todos sabemos que mentía y lo tiene guardado en su granja. Ahora que el viejo está muerto, será más fácil sacar la información a la nieta...pero me preocupa lo del indio. Nos puede causar problemas. Por lo que me has contado, es un tipo de armas tomar.

—Él protege a la nieta y estoy seguro de que nos dará problemas si intentamos buscar el oro o hacerle daño a la mujer —añadió Kurt —.

—Tenéis que ser más discretos a partir de ahora. Sé que es difícil para ti y para los mendrugos que te acompañan, pero tenéis que actuar con inteligencia, con estrategia. Quiero que encontréis el oro rápidamente pero no quiero más masacres. El pueblo es nuestro pero tampoco quiero crear un escándalo innecesario. Salgo de mi despacho, voy un momento al hospedaje a recibir a una persona. Infórmame de tus avances, pero ¡no volváis a montar otra masacre! No me convienen más escándalos a partir de ahora.

—Sí, jefe, tendremos más cuidado —respondió Kurt—.

****

En la calle central de Cañón Diablo se comenzaba a oír el sonido de un carruaje que venía desde muy lejos, de la capital del condado.

Dentro del carruaje, una sombría figura, cuyo rostro se apercibía ligeramente a través de la gruesa cortina del vehículo. El rostro, que tenía algunos rasgos familiares para los habitantes de la localidad, observaba las tristes calles de Cañón Diablo desde la pequeña ventana. Su mirada, fría y despiadada, proyectaba además una mezcla de desprecio y superioridad hacia las calles de la pobre ciudad asolada por el cacique McGuire. Miraba por encima del hombro y, al respirar, sus fosas nasales se llenaban de aire y arrogancia.

El carruaje se detuvo frente al saloon y del vehículo bajó la esbelta mujer, que vestía un elegante ropaje azul con una sombrilla y un sombrero de color negro. Miró con superioridad al cochero, a quien ordenó subir su maleta a la parte superior del saloon, donde había habitaciones.

—Tenga —dijo la mujer mientras le daba unos pocos centavos como propina—. Lleve mi maleta a la habitación que le indiquen, a nombre de Hannah Straton.

—Sí, señora —respondió el cochero, que recogió la maleta y cumplió la orden de Hannah a rajatabla —.

La mujer se acercó al saloon y, al superar la puerta oscilante de la entrada, de forma inmediata sus ojos quedaron clavados en los ojos de Ludmila, que se detuvo detrás de la barra al observar a la forastera. Hannah y Ludmila eran como un espejo, como dos gotas de agua. En el dedo corazón de la mano derecha de Hannah, se veía lucir un misterioso y llamativo gran anillo negro, coronado por una cúpula circular también del mismo color.

Hermanas gemelas, su total parecido físico no encajaba, sin embargo, con las enormes diferencias de carácter y bondad. Hannah era una despiadada mujer que se congratulaba de hacer carrera —para ella o para otras personas que la pagaban generosamente– dentro de la política y las altas esferas de poder. A Hannah, sin embargo, no le importaba nada la moralidad de los ingresos: el dinero era solo dinero y el poder y el dinero eran sus únicas ambiciones, sin importar los medios. Fueron criadas de igual forma por sus padres, pero las dos mujeres eran muy diferentes y dentro de Hannah no había ninguna bondad. El corazón de Ludmila, sin embargo, era tierno y dulce.

– ¿Qué haces aquí? –preguntó Ludmila visiblemente molesta por la presencia de su hermana gemela–.

–Yo también me alegro de verte, cariño – respondió Hannah con cinismo–. Pon un whisky, ¿quieres?

Ludmila se dio la vuelta para coger la botella de whisky que estaba en la estantería.

–No me has contestado... ¿qué has venido a hacer a Cañón Diablo? –repitió Ludmila mientras servía el whisky para su hermana–.

–Negocios, cariño. Bueno, negocios y amor. ¿O acaso el amor y los negocios son cosas distintas?

– ¿A qué te refieres?

–Son negocios de amor...O amor a los negocios, como prefieras.

–Sigo sin entenderte, Hannah. ¿Será que al final te has hecho prostituta? ¿Cuánto cobras? –inquirió Ludmila, con evidente afán de ataque hacia su hermana –.

Hannah sonrió con desdén ante el intento de ofensa de su hermana Ludmila.

— ¡Ja, ja, ja! No seas burda, cariño. Lo mío es algo mucho más elevado que acompañar a vaqueros sudorosos y malolientes. Eso es más bien cosa tuya y de las chicas de este mugroso local que llamas Funny Black Horse, Ludmila.

—Yo no vivo el amor como negocio, Hannah. Pese a mi profesión, considero que el amor es otra cosa. Lo mío es tan solo una forma de ganarme la vida con la pasión sexual, no es amor porque el amor ni se compra ni se vende. Vivir el amor como negocio es inmoral. Los vaqueros que vienen aquí no buscan amor, solo buscan alivio físico y diversión. Es lo que nosotras damos aquí. No vendemos nuestras almas, solo alquilamos nuestros cuerpos para un rato.

—Eso es cierto, siempre has estado muy despistada en la vida. No tienes sentido práctico de la vida, la moral que me cuentas no sirve para nada. La prueba más palpable de tu despiste vital es que te has quedado a vivir en este cochino pueblo. Sin embargo, yo tengo grandes planes para entrar por la puerta grande en la política nacional. Ahora mismo vuelvo de un viaje durante el cual he recorrido grandes ciudades para comprar los mejores vestidos. Con ellos, mi prometido y yo llegaremos muy alto en nuestra carrera.

— ¿En serio, a quién has engañado esta vez

para lograr tus fines? —respondió Ludmila—.

—Es tan solo un negocio, no un engaño. Ambos saldremos ganando, llamémoslo un pequeño "pacto" para conseguir unos fines determinados. ¿Te suena el nombre de Harry McGuire?

—Vaya, —dijo Ludmila— veo que apuntas muy alto. Sabes moverte bien, siempre has sabido moverte bien en tu propio beneficio. En fin, solo he preguntado el porqué de tu presencia en Cañón Diablo porque, efectivamente, no me hace muy feliz verte por aquí. Pero tus chanchullos y tu retorcida forma de vida, Hannah, no me importan en absoluto. Algún día esa forma de vivir te pasará factura.

Hannah, en vez de sentirse ofendida por las palabras de desprecio de Ludmila, estalló en una sonora carcajada sarcástica.

— ¡Ja, ja, ja! Ludmila, cariño, tu ingenuidad me asombra.

—No soy ingenua. Tú sabes que a veces vendo mi cuerpo, y vendo el cuerpo de estas chicas —dijo mientras movía su mano señalando hacia las otras chicas del local— pero ninguna de nosotras vendemos el alma. Todas nosotras somos más puras que tú.

—Ludmila, por favor, no me hagas reír más. Mira, cariño, yo me marcharé de este cochino pueblo y prosperaré para proyectarme hacia niveles nacionales. Cuando me case con McGuire se nos abrirán a los dos muchas posibilidades.

— ¿En serio que te vas a casar con McGuire? —preguntó Ludmila—.

—Sí, eso es lo planeado. A Harry le interesa tener una mujer como yo para prosperar en su carrera política...y a mí también me interesa unirme con él, al menos de forma temporal. Lo más probable es que cuando ya me encuentre bien situada en las altas esferas de la política y las finanzas, quizá cambie a Harry por otro hombre más...más apuesto y joven — sonrió al decir estas últimas palabras—. O más poderoso.

—Ya veo...las parejas venden más en política. Y tú tienes muy claro que quieres triunfar, a costa de lo que sea y de quien sea.

—Eso lo has entendido bien. Nunca verás a un hombre soltero triunfar en política. Y sí, quiero triunfar y lo conseguiré. Nunca me verás tras una barra mugrienta como la de tu local, o besando a piojosos vaqueros a cambio de unas monedas.

En ese momento Harry McGuire entró en la estancia y se dirigió hacia Hannah, a quien tomó por la cintura y besó.

—Hola, querida —dijo McGuire—.

—Amor —respondió Hannah con un tono de voz tan falso que era imposible de disfrazar —. Te esperaba. ¿Cenaremos juntos?

—Claro. Ludmila, haz que nos sirvan comida para dos y el mejor vino que tengas, que lo lleven todo a la habitación de Hannah.

—Sí, señor McGuire —respondió Ludmila, mientras abandonaba la barra y se dirigía a la cocina para dar instrucciones a su cocinera—.

—Cariño —espetó Hannah en dirección a su hermana— recuerda que mi comida tiene que estar hecha con poca sal. Gracias.

Hannah, con descaro, guiñó un ojo a su hermana Ludmila, quien se tomó la gracia con desgana.

—Claro, con poca sal. Descuida —respondió Ludmila —.

****

El hombre y la mujer subieron las escaleras que llevaban hasta el piso superior, donde estaban las habitaciones. McGuire giró el pomo de la puerta y, al abrir, se encontró con una sorpresa.

La habitación estaba totalmente a oscuras pero, desde la oscuridad, una voz rotunda les habló:

—Entren en la habitación y no armen ningún escándalo —dijo Tomka desde la esquina de la habitación donde se había apostado. Había conseguido escalar por la escalera exterior del saloon—.

Hannah encendió el candil de la mesita, cerró la puerta y pudieron ver la imponente figura de Tomka. El indio no estaba armado, pero era evidente su impresionante presencia física y también era notoria su rotunda voz.

Estos factores, en un primer momento, impresionaron a McGuire, quien ya había oído hablar del indio. Pero luego al cacique le volvió su bravuconería, y la voz de Harry sonó burlona.

—Tú debes de ser el famoso indio que ayudaba al viejo Smith —dijo McGuire—.

—Así es. Mi nombre es Tomka. Y tú eres quien ha matado a mi amigo. He venido a decirte que tendrás tu castigo.

McGuire estalló en una sonora carcajada.

— ¡Ja, ja, ja! ¿Me estás amenazando? ¿Has visto, Hannah? —dijo girándose hacia la mujer — este harapiento indio viene a nuestra habitación, arrastrándose como una rata nocturna y se permite el lujo de amenazarme. ¿No sabrá que Cañón Diablo es mío? Todo el pueblo está bajo mis pies.

— ¡Cierra la boca, maldito bastardo! — exclamó Tomka al tiempo que, con toda su mano derecha abierta, asestaba una dura bofetada a McGuire, quien se estrelló contra un mueble que contenía varios vasos que cayeron al suelo haciéndose añicos.

¡Catapumba! El cacique se revolvió en el suelo y el estruendo rompió el silencio de la noche.

— ¡Arrggg, sucio mestizo! ¡Me las pagarás! — bramó McGuire todavía desde el suelo.

Desenfundó su arma, pese a que todavía se tambaleaba por el fuerte ataque de Tomka. Por su tambaleo McGuire —que tenía fama de buen tirador— descerrajó dos disparos poco certeros.

¡Bang! Pese a que el cacique había planeado que los dos disparos fueran mortales, uno de ellos solo pudo rozar a Tomka en su hombro derecho, causándole al indio una herida leve.

Después sonó un segundo disparo. ¡Bang! El otro fue fallido e impactó sobre el cristal de la ventana, que se rompió en mil pedazos.

Con la noche ya cerrada y el silencio reinante, el ruido de la pelea en el piso de arriba alarmó a Ludmila, que salió corriendo a buscar a Josh. Dejó al cargo del local a otra de las chicas y montó en su caballo, azuzando al animal para llegar cuanto antes a la casa de Josh. El caballo de la joven más que correr voló, azuzado por la mujer.

Ludmila tardó apenas tres minutos en llegar a la casa de Green. Al llegar aporreó la puerta de madera de la casa del cura con fuerza y premura. Green estaba ya dormido, pero enseguida se levantó de su camastro alertado por los aporreos de Ludmila en la puerta.

— ¿Qué ocurre, Ludmila? —preguntó Green—. Estaba bien dormido.

— ¡Algo está pasando en mi local, Josh! ¡Ven conmigo, por favor! —la premura hizo que Ludmila olvidara, de repente, el habitual tratamiento de "usted" hacia el cura. También la confianza, que ambos estaban ya cogiendo desde hace tiempo el uno en el otro—.

Ludmila tomó la mano de Green con dulzura y también con necesidad y, cuando la piel de ambos entró en contacto, se podría decir que hubo un chispazo en el universo.

Algo aturdido por el sueño, Green se encajó su sombrero y salió acompañando a Ludmila, mientras colocaba el cinto de su pistola, por lo que pudiera pasar.

Arriba, en la habitación de Hannah, Tomka, al recibir el disparo de McGuire, se tambaleó muy poco, pues era un hombre de gran fortaleza física y el disparo en el hombro no había sido nada certero, apenas un rasguño. Nada que pusiera en apuros la enorme corpulencia de Tomka.

El indio se apresuró en volver a salir por la ventana y escapó del lugar entre las sombras de la noche, en dirección a la granja de Smith.

El ruido también alertó a Kurt, que estaba en la barra del saloon bebiendo whisky. El rufián, mano derecha de McGuire, se levantó rápidamente de su asiento para correr, casi volar, escaleras arriba al auxilio de su patrón.

Kurt llegó enseguida a la habitación de su jefe y del indio Tomka solo pudo oír la ausencia de su escapada. Al entrar en la habitación, Kurt encontró a McGuire tumbado sobre la cama, asistido por Hannah, que se disponía a curar al hombre.

El cacique mascullaba contra el indio mientras Hannah buscaba algo para desinfectar un pequeño corte que McGuire se había hecho en la cara durante su caída.

—Quiero a ese indio muerto —dijo McGuire—.

—No he podido verlo, jefe. No he llegado a tiempo, se escapó como un cobarde. Huyó entre las sombras de la noche. Nos encargaremos de él.

—Ya le cogeremos...lo bueno es que ahora ya sé cómo es físicamente, y las habladurías se quedaban cortas, es un hombre muy fuerte. De un solo guantazo me ha tirado al suelo. No será fácil acabar con él. Tenemos que andar con cuidado...

—A mí también me derribó de un solo puñetazo. He contratado a varios hombres más —respondió Kurt—. Nos harán falta para cuando volvamos a la granja a buscar el tesoro.

—Sí, te harán falta...él estará allí cuidando a la nieta mocosa del viejo.

Hannah no perdía detalle de la conversación de los dos hombres.

—Querido, no te convienen más escándalos. La semana que viene tenemos una reunión muy importante, y nuestra carrera depende en buena medida de nuestra capacidad de sigilo y discreción.

—Lo sé, Hannah, pero estos desgraciados me sacan de los nervios. Parece que todavía hay gentes de Cañón Diablo que no saben quién es el dueño de todo aquí dentro. Todo es mío. Ellos no son nada. Ellos no tienen nada suyo, todo lo que hay aquí es mío. ¡Son hormigas que puedo pisar cuando yo quiera! —exclamó McGuire con los ojos enramados por la rabia—.

—Creo que no nos conviene usar ninguna de las frases que acabas de decir en la campaña de promoción —dijo Hannah con tono irónico—.

McGuire sonrió ante la apreciación de Hannah.

Después del ataque de Tomka, poco duró la tranquilidad para McGuire y Hannah. De repente, la puerta de la habitación se abrió de una patada y entró Josh Green, sin llamar ni pedir permiso.

— ¿Qué haces aquí, cura? —preguntó Kurt con gesto amenazante— Nadie te ha invitado a esta fiesta. Llévate fuera tu cruz y tu biblia.

Josh Green ignoró las palabras del secuaz y sacó un pequeño puro de su chaqueta, que encendió con una cerilla. Después de las primeras dos caladas, habló:

—Todo lo que corresponde a Dios es parte de mi fiesta. Así que estoy invitado.

— ¡Cállate! —gritó Kurt—. No entiendo tus sermones de cura.

—Cállate tú —respondió Green, sin gritar, pero sacando su pistola apuntando en dirección a Kurt, quien no tuvo tiempo de desenfundar—. No malgastes tu aire hablando, quizá pronto te haga falta para sobrevivir.

—Ahora yo hablaré y ustedes escucharán —añadió el cura—. Tengo entendido que hoy hubo un serio altercado en la granja. Parece que tus chicos se pasaron de la raya.

—Tan solo fuimos a...

—Cállate, Kurt. Yo hablaré —McGuire cortó a Kurt—. Mis hombres fueron a cobrar una deuda pendiente, eso era todo en principio, Green. Pero la nieta complicó las cosas y mató a uno de mis hombres. Ellos solo se defendieron...fue legítima defensa —mintió McGuire—. Pero dígame una cosa padre: ¿qué interés tiene usted en este asunto? Lo suyo son las cosas de iglesia, no los conflictos terrenales.

—Quizá esos intereses cambien pronto —respondió Green, mientras sacaba de su chaqueta la estrella del sheriff y jugaba con ella lanzándola al aire—. Cañón Diablo tiene que dejar de ser un lugar maldito...

—Vaya, padre...no sabía que usted tenía interés en morir tan pronto —respondió McGuire con una despiadada sonrisa de superioridad—. La vida del sheriff de Cañón Diablo vale muy poco. Usted lo sabe bien. Ha oficiado el sepelio del anterior...

—La fe está de mi lado.

McGuire estalló en una sonora carcajada.

—La fe no empuña armas, padre. Ni gana

revoluciones.

—Pero mi puño sí, y la fe guía mis manos, McGuire —respondió Green—. Este pueblo debe ser liberado. Tiene un yugo insoportable de corrupción y violencia.

—Usted sólo no podrá cambiar nada —dijo McGuire— y tampoco creo que pueda hacer nada con la ayuda del piojoso indio que acaba de marcharse por esa ventana.

Josh Green respiró y dijo, pausadamente y con ceremonia:

—No subestime mi fe, es fuerte como una montaña de deseos. También acumulo las ansias de libertad de los cientos de ciudadanos honestos de Cañón Diablo. Ellos también quieren que acabe su reinado del terror.

McGuire notó la mirada de Green tan firme, que por un momento abandonó su habitual sonrisa burlona.

—Espero que no sea una amenaza, padre —dijo McGuire cuando recuperó su tono chulesco—.

—Yo no te amenazo, McGuire —respondió Green mientras se dirigía a la puerta para abandonar la habitación—. Pero, sin embargo, Dios...suele mostrar mucha ira contra sus hijos díscolos. Quizá no sea mi venganza y yo sea tan solo la mano del verdugo ejecutor...

Al cerrar con fuerza la puerta, el estruendo de la madera sirvió para enfatizar las palabras de Green, que dejó en el ambiente de Hannah y McGuire unos minutos de un silencio tenso y tenebroso.

****

Green bajó las escaleras fumando y se detuvo en la barra para hablar con Ludmila. Se acodó en la barra y, con un simple gesto de su barbilla, Ludmila ya sabía que quería un whisky.

—Esa hermana tuya...

—Lo sé, padre —sollozó Ludmila mientras posó su dulce y suave mano sobre las duras manos de Green—. Somos iguales físicamente, pero tan diferentes...

Josh devolvió el apretón de manos de Ludmila, y además sus ojos esbozaron una mirada de ternura infinita, mientras sus bocas esbozaban, al tiempo, una tenue sonrisa cómplice.

—Venga conmigo arriba, padre —dijo Ludmila haciendo más grande y seductora su sonrisa—.

Una de las chicas del local se hizo rápidamente con el control del establecimiento, colocándose detrás de la barra para atender a los rudos y sedientos vaqueros.

Ya era noche cerrada, y Green no parecía con ganas de volver a dormir a la sacristía. Ludmila tampoco quería que Green se marchara. Algo había prendido en ellos: era la llama del amor y de las ansias de libertad. Green había tomado la determinación de que la estrella del sheriff fuera suya y de ejecutar la justicia divina para destruir el imperio de Harry McGuire.

Ludmila abrió la puerta de su habitación, que estaba decorada con recato. Apenas un par de cuadros decoraban las austeras paredes del dormitorio de Ludmila, quien al entrar tomó de nuevo la mano de Josh y cerró la puerta.

Ella miró al cura con ojos vibrantes, y su respiración se hizo más intensa. El cura devolvió la mirada con la misma intensidad. Al respirar más fuerte, los voluminosos pechos de la mujer se movían con más velocidad, y eso no pasó desapercibido para Green.

El hombre se acercó a la mujer y bajó su mirada, para después volver a subirla y clavarla sobre los vibrantes ojos de Ludmila. Las manos de Josh rodearon con gentileza la cintura de Ludmila. Ella acercó su rostro, lentamente prologado por sus carnosos labios, y con suavidad posó sus labios sobre los labios de Green, mientras pasaba su mano por la cabeza del hombre.

—Soy un siervo de Dios —dijo Green apartando suavemente sus labios de los labios de Ludmila—. No puedo hacer esto. Es un amor prohibido.

—También eres un hombre —respondió Ludmila sujetando las manos de Green para posarlas sobre sus dos generosos pechos. El hombre reaccionó y comenzó a acariciar los pechos de la mujer, primero sobre el corsé rojo y luego, poco a poco, fue introduciendo sus manos por debajo de la ropa para tocar la sedosa piel con sus manos.

El hombre dejó caer el cinto que sujetaba sus pistolas y sus balas, y entonces su fe quedó desarmada ante el amor.

Ludmila besó a Josh con amorosa pasión, mientras apagaba el candil que había a su derecha y dirigía al hombre hacia la cama que estaba ubicada bajo la ventana de la estancia. Tan solo la luna, que iluminaba la estancia con suave luz, fue testigo de su amor prohibido.

CAPÍTULO 4.

A LA BÚSQUEDA DEL ORO

Hannah y McGuire hablaban en su habitación, preocupados después de las interrupciones de Tomka y Green. Habían entendido que se avecinaban problemas para su imperio. El cura tenía mucha aceptación y seguidores en Cañón Diablo y las visitas del indio y del cura les habían hecho entender que una verdadera revolución estaba en ciernes.

— ¿Has visto la desfachatez? Vienen aquí y uno me pega y el otro me amenaza. Esto se está poniendo feo, Hannah. Estoy de acuerdo contigo en que me conviene ser discreto, pero entre ese cura y el indio me van a dar problemas.

Hannah meditó un par de segundos su respuesta:

—Aparte de ellos tu mayor problema, querido, es esa panda de patanes que tienes por colaboradores. Seguro que si no se hubieran cargado al viejo, esto no habría pasado.

McGuire miró a Hannah con detenimiento, y dijo:

—Eso también es verdad —admitió McGuire—. No les puedo encargar nada para que lo hagan con sigilo. Son una banda de bárbaros. Son incapaces de hacer nada sin un baño de sangre. Sacan las pistolas a relucir por cualquier cosa.

—Y no tenemos tiempo para formar otra banda. Ahora que Green y Tomka se han decidido a levantarse en nuestra contra, tenemos un grave problema. Hay que actuar de inmediato, da igual que lo hagamos a lo bestia. Tienes que aplastar esta revolución y lo primero que necesitas es dinero. El oro de Smith —sentenció Hannah—.

—Si tuviéramos tiempo buscaría otra banda para mis encargos, pero no tenemos tiempo, y menos ahora con Green y Tomka. Y es cierto, necesitamos ese oro. Una carrera política es algo muy caro...

—Olvídate ahora de la política, me temo que si no frenamos esta rebelión en Cañón Diablo, no habrá ninguna carrera política.

Primero tenemos que aplastar a Green y al indio.

—Pero ¿y el sigilo que tú siempre me has recomendado? —cuestionó McGuire—.

—No sé de qué forma sigilosa podríamos deshacernos del cura y el indio...me temo que habrá que usar los métodos violentos y ruidosos esta vez. Esta situación requiere una acción directa. Soy consciente de que te he hablado de estrategias, sigilo y prudencia, pero ahora que Green encabeza esta especie de rebelión...

McGuire reconoció la nueva situación:

—Es cierto, el cura se ha vuelto muy molesto. Mira que atreverse a venir aquí con su tono amenazante...

Hannah asintió.

—Creo que se están haciendo fuertes. Green es un hombre muy respetado en Cañón Diablo. La gente le seguirá. Quizá solo necesitaban algo parecido a un líder. — dijo la mujer —. Y parece que el cura se ha levantado como un líder. Hasta ahora no tenían un guía espiritual, y parece que ahora lo tienen. El problema potencial que tenemos es de gran envergadura.

—Tienes razón, y debo aplastar esta revolución incipiente...y debo hacerlo con fuerza. Lo primero es conseguir el oro. Después, cuando tengamos el oro y Green y Tomka estén muertos, todo el pueblo caerá ante nuestro poder. Enviaré a los hombres a la granja y la peinarán hasta lograr encontrar el oro. No saldrán del lugar hasta encontrar el oro. Ordenaré a Kurt que salgan cuanto antes a la búsqueda del oro.

—Al final va a resultar que una intervención brusca puede ser nuestra única salvación — reconoció Hannah —. Siempre pensé que era mejor la mano izquierda como método para solucionar las cosas. Pero hemos llegado a un punto sin retorno. Si queremos seguir teniendo el control de Cañón Diablo, necesitamos aplastar esta rebelión.

—Sí, así es. Solo espero —dijo McGuire — que el periódico local no publique nada, porque Kurt y los chicos, que no son santos varones, van a liar una buena si les ordeno ir a la búsqueda del oro y no parar hasta localizar el dinero.

Hannah asintió ante la idea de McGuire.

—Es verdad, había olvidado por completo el tema del periódico. Es fundamental que el periodista no escriba nada sobre el asalto a la granja. Hablaré con él, mientras tú das las órdenes a Kurt. Quizá puedo intentar sobornarle o seducirle.

—El periódico local es de las pocas cosas que han escapado de mi control —se lamentó McGuire —. Se libran porque la empresa que lo edita es de alguien de fuera, a quien no he conseguido encontrar nunca, e imprimen las cuartillas de forma casi clandestina muy lejos de aquí. Después las distribuyen con nocturnidad, y casi nunca he logrado impedir la distribución de ese panfleto. Si yo supiera quién está detrás de ese panfleto, ya lo hubiera liquidado hace tiempo.

— ¿Y los periodistas? —preguntó Hannah —.

—Al principio nos deshicimos de varios. Al menos dos o tres de los primeros, hace años, desaparecieron en extrañas circunstancias. Pero después buscaron la forma de proteger su vida, y el periodista apenas aparece por aquí dos o tres veces a la semana para recoger los avisos y notas que se dejan en la oficina. Y siempre viene a horas intempestivas y con mucha protección.

— ¿Estará mañana en la oficina? ¿Crees que si le encuentro podré intentar ofrecerle dinero a cambio de su silencio sobre el asalto que va a tener lugar en la granja?

—Puedes intentarlo, aunque no lo sé, pero dudo que ceda a sobornos o chantajes.

Entonces Hannah entornó las sienes, de pura malicia, y dijo:

—Bueno, si no se deja sobornar, siempre puedo intentar seducirle. Supongo que le gustarán las mujeres bonitas.

Hannah guiñó un ojo al decir esto último.

—Espero que, si llega ese caso, sepas medir tus insinuaciones. Hasta la fecha, ninguna mujer ha engañado a Harry McGuire, y espero que tú no seas la primera que lo intente...

—Tranquilo, Harry. Tengo otros métodos, más suaves, para sacar de la circulación a un hombre sin recurrir ni a la violencia, ni a la seducción extrema.

—Entonces bien. Ve e intenta encontrar a ese periodista para evitar que narre lo que va a pasar en la granja. Mañana buscaré a Kurt y le daré orden de organizar un duro asalto a la búsqueda del oro. Ahora durmamos, es tarde...

****

A la mañana siguiente, Hannah salió de la habitación, abandonó el saloon y se dirigió a las instalaciones del Devil Canyon´s Herald, el periódico local. Para poder salir del Funny Black Horse, Hannah tuvo que sortear el cuerpo alcoholizado de Kurt, que yacía en el suelo del local. Al esbirro de McGuire, al parecer, se le había ido la mano con el whisky durante la noche anterior.

La pequeña oficina del Devil Canyon´s Herald estaba ubicada en un edificio cercano a la iglesia, entre la barbería y la tienda de comestibles.

En el cristal estaba escrito el nombre del periódico con grandes letras, formando un semicírculo. Hannah se acercó a la puerta, accionó el pomo pero no giraba: las instalaciones parecían estar cerradas. El buzón que recogía las notas para el periódico estaba a rebosar de pequeños papeles. Ciertamente, parecía que no había ninguna actividad.

Pero Hannah se asomó al escaparate para observar el interior y, fugazmente, pudo ver una sombra moverse portando unos libros de un lado a otro de la estancia. Al parecer, la suerte había hecho que ese día sí hubiera alguien en la delegación del periódico. Entonces la mujer golpeó la puerta dos veces.

—Hola, señor. ¿Puedo hablar un momento con usted? —preguntó Hannah —.

El hombre, un individuo bajito y con aspecto temeroso, se colocó sus gafas y, mirando con recelo hacia el exterior, se giró hacia la voz que le hablaba.

La mujer repitió de nuevo la pregunta, por si el hombre no la había oído a través del cristal del escaparate. Entonces, el hombre se acercó a la puerta, giró la llave y abrió la puerta a hurtadillas.

— ¿Qué desea? —preguntó con recelo —.

—Disculpe que le moleste, pero necesitaría darle alguna información que quizá puede ser de su interés —respondió Hannah —.

—La oficina está cerrada. ¿De qué información se trata?

—Bueno, creo que a su periódico le interesa y, sin duda, podemos tratar este asunto con más discreción dentro de su oficina, en lugar de hablar aquí en la calle.

El hombre seguía recelando pero accedió.

—Sí, claro. Un momento, por favor.

—Gracias —dijo la mujer —.

La puerta de la pequeña oficina del Devil Canyon´s Herald se abrió, con lentitud, y Hannah pudo entrar al local, que estaba en penumbra. El hombre cerró la puerta con rapidez, se acercó a un candil que había al fondo, sobre una de las tres mesas, y lo encendió.

—Le ruego que disculpe mis modales, pero es que nuestra profesión es peligrosa en Cañón Diablo. No residimos aquí de forma permanente, porque es inseguro para nuestras vidas. Me encuentra usted aquí de casualidad, he venido solo para recoger algo de documentación que necesito para un artículo. Mi nombre es Arthur Woods, soy el corresponsal del periódico para la zona.

—Soy Hannah Straton. Y sí, no se lo voy a ocultar: soy la prometida de Harry McGuire...

Woods se asustó y dirigió hacia la mujer una intensa mirada de desconcierto.

— ¿Para qué ha venido usted aquí? Creo que estoy en peligro con su sola presencia. Creo que es mejor que se vaya.

—No se preocupe, hablemos con tranquilidad. He pensado que necesito saber su opinión sobre un tema. Verá, Harry quiere potenciar su carrera política...

—Lo sé —interrumpió Woods—. Pero no lo tiene fácil. Más allá de las reducidas fronteras de Cañón Diablo, toda la clase política del exterior sabe quién es Harry McGuire. Y todas las puertas están cerradas para él.

—Bien, pero — continuó Hannah — más allá de su fama pasada, Harry está intentando desarrollar una gran carrera con negocios legales y está llevando a cabo acciones de beneficencia y de, llamémosle, "justicia" social. ¿Qué opina usted de eso?

Woods seguía nervioso porque creía que, por hablar con Hannah, probablemente su vida estaba en peligro.

—Opino, lo primero, que esta conversación con usted no me beneficia en nada. Si es tan amable le ruego que se marche. Lo segundo...

Hannah interrumpió al hombre, mientras abría su bolso y sacaba un fajo de dólares que comenzó a contar.

— ¿Está usted seguro de que esta conversación no le beneficia? —preguntó Hannah después de contar varios billetes y mostrarlos en forma de abanico —. Puede contar el dinero: un total de 1.000 dólares. Serán suyos a cambio de, digamos, cierta "amabilidad" a la hora de escribir en su periódico sobre McGuire.

— ¿Es un soborno?

— ¡Oh, no! —fingió Hannah —. Es solamente una recompensa en agradecimiento a nuestros colaboradores. Si usted escribe con amabilidad en su periódico, o incluso mejor si no escribe nada en absoluto sobre Harry, nosotros seremos agradecidos con usted.

—Ya, entiendo.

El hombre se quedó pensativo después de la oferta de Hannah, se dio la vuelta y sacó un pequeño pañuelo con el que limpió sus gafas, mientras seguía hablando.

—Verá usted —dijo con un tono de cierta grandilocuencia en su voz —. Alguien dijo una vez, no recuerdo ahora quién fue exactamente, que no se podía comprar o traficar con la dignidad de las personas honradas. En realidad, una persona es pobre si tiene pocos bienes materiales, pero es inmensamente rica si tiene virtudes inmateriales como la dignidad. Por lo tanto, permita que rechace su generosa oferta. Si surgen más noticias sobre McGuire, se relatarán con honestidad, tal como son.

Hannah guardó el dinero en su bolso y se acercó al hombre, con una forma de andar claramente insinuante. Alargó los brazos y los colocó sobre los hombros de Woods.

— ¿Está usted realmente seguro? —preguntó con un tono de voz meloso —.

Arthur Woods intentó retirar con cuidado los brazos de Hannah de sus hombros.

—Sí, lo estoy —contestó —. Por favor, váyase de aquí.

Hannah, sin embargo, no se daba por vencida. Su actitud insinuante cambió enseguida por frialdad y maldad.

—Una lástima, respuesta equivocada —dijo

Hannah –.

Abrió la cúpula negra del anillo que llevaba en el dedo corazón de su mano derecha y, bajo la cúpula, se descubrió que había un aguijón afilado, que la mujer clavó directamente en el cuello de Woods. El aguijón estaba impregnado con una sustancia maligna.

El hombre, que notó el pinchazo mientras la mujer retiraba sus brazos de los hombros, reflejó en su rostro una expresión de pavor y nerviosismo.

–¿¿¡¡Pero, qué es lo que hace!!?? ¡¡Déjeme!! ¡¡Arggg!! –gritó el hombre mientras se zafaba, tarde, del mortal abrazo de Hannah, y se llevaba las manos hacia el pinchazo en el cuello –. ¿¿Qué es ese pinchazo?? ¡¡Maldita!!

Hannah se dirigió al hombre con un tono mezcla entre parsimonia y sarcasmo:

–No se lleve mal rato, Woods. No va a poder luchar contra la sustancia que le he inoculado. Es una misteriosa hierba proveniente de África. Sus cualidades son muy curiosas: primero, usted se tambaleará, eso pasará en muy pocos segundos a partir de ahora. Le entrará un profundo sueño. Después, con el paso de los días, usted no será capaz de realizar ningún trabajo intelectual. Por ejemplo, no podrá escribir nada, o al menos no podrá escribir nada que tenga sentido. Más adelante, en unos quince días, usted morirá.

– ¡Maldita hija de...! – poco a poco, Woods

se tambaleaba más y más, tal como Hannah había explicado –.

–Vamos, hombre, conserve sus fuerzas, o dentro de pocos segundos se caerá al suelo... – recomendó Hannah, con frialdad y sarcasmo –.

–¡¡Agg!! –Woods se estaba desmoronando por momentos. La ponzoñosa droga inoculada por Hannah era verdaderamente potente –.

Y, en pocos segundos, el hombre se derrumbó en el centro de la oficina del periódico.

Hannah sonrió con malicia, consciente de que había logrado su objetivo de neutralizar al periodista.

****

Harry McGuire se encontró a Kurt tirado en el suelo del saloon, casi en el centro de la estancia, totalmente alcoholizado.

Al parecer, había pasado toda la noche durmiendo sobre los tablones del suelo del local, y a nadie le había importado. Incluso, una de las chicas había fregado el suelo a su alrededor.

– ¡Despierta, patán! –exclamó McGuire mientras pateaba a Kurt sin miramientos–.

El rufián se fue despertando, obligado por las patadas del cacique. Mientras intentaba levantarse, gruñía y mascullaba palabras difícilmente entendibles a causa del alcohol que, a buen seguro, todavía dominaba en su organismo. El alcohol barato, y probablemente adulterado, destrozaba el cuerpo de los vaqueros y de los rufianes que, pese a todo, se afanaban en su consumo con extrema fruición.

— ¿Qué pasa, jefe? —respondió Kurt cuando ya, por fin, sus gruñidos pasaron a ser palabras que se podían entender, aunque a duras penas —.

—Levántate y aséate un poco, hueles fatal. Tenéis que volver a la granja. Quiero localizar ese oro, lo usaré para impulsar mi carrera política y llegar a triunfar a nivel nacional. Quiero tener este asunto solucionado hoy mismo. No me importa el método, esta vez hemos tomado medidas para evitar el escándalo, y hay que eliminar a Green y a Tomka antes de que su rebelión consiga triunfar en Cañón Diablo. Organiza una buena banda y partid hacia la granja.

Kurt se desperezaba y, con dificultad, se erguía mientras se tambaleaba. Al tiempo, en ese mismo momento —más o menos las 11.00 de la mañana— el pianista del saloon, un negro que vino directamente de África, se sentaba en su pequeño taburete y empezaba a tocar una alegre melodía.

McGuire no sabía que, desde el piso de arriba, Green pudo oír al cacique ordenar a su lacayo la búsqueda inmediata del oro. Esa era una información muy valiosa para Green. El cura se arregló tan rápido como pudo para salir del saloon por la escalera exterior, la que había usado Tomka para atacar a McGuire. Antes de salir Green despertó a Ludmila, que todavía descansaba después de una noche de pasión.

— ¡Rápido! — dijo Green —. Despierta: McGuire ha ordenado asaltar la granja de Smith para buscar el oro.

Ludmila se fue despertando, al principio poco a poco, pero en segundos se la notó completamente despierta y activa.

— ¡Oh, Dios mío! —exclamó Ludmila —. Hay que darse prisa, con suerte podremos llegar a la granja antes que su banda.

—Sí, creo que llegaremos antes que ellos. Kurt tiene todavía que despertarse y organizar a sus hombres, tardarán al menos una hora en estar preparados para salir hacia la granja.

—Démonos prisa. Iré a la armería y compraré munición suficiente y también compraré víveres en la tienda de comestibles, por si el asalto se alarga. Después volveré aquí y te acompañaré, o si ya has partido galoparé directamente hacia la granja.

—No, espera —interrumpió Green —. Creo que es mejor que te quedes aquí por el momento. Podrás ir más tarde a la granja si es necesario, pero necesito que vigiles a tu hermana por si tiene alguna jugarreta preparada. Ella no irá a la granja, se quedará aquí en el pueblo.

Hannah no pudo ocultar un pequeño malestar ante las órdenes de Green, pero accedió.

—Está bien —dijo la atractiva mujer con resignación —. Me quedaré aquí y vigilaré a la mala pécora de mi hermana.

Green sonrió a la mujer, y con su mano le acarició el rostro.

—Gracias, Ludmila.

En la planta baja del Funny Black Horse el pianista Joe, se disponía a comenzar su jornada. Joe, a quien así llamaban los habitantes de Cañón Diablo pese a que ese no era su nombre real africano, tenía como notable característica su amplia y eterna sonrisa, decorada con una perfecta y luminosamente blanca dentadura. Mientras Joe tocaba una alegre melodía al piano, las chicas del saloon se despertaban suavemente tras una noche, otra más, muy movida en el local.

La música del piano de Joe siempre ponía una nota de suavidad artística al duro ambiente que se vivía de forma constante en Cañón Diablo.

En esta ocasión, las suaves melodías del piano servían como preludio a lo que se presentaba como un intenso día de violencia y acción.

****

Mientras tanto, en la granja de Smith...

— ¿La sangre? —preguntó Sylvie a Tomka por la herida de bala que tenía en el hombro.

—Solo un rasguño...No es grave, pero me dolió más en el alma. No pude ser tan sigiloso como mis honorables antepasados. A los grandes guerreros de mi tribu nadie les hubiera sorprendido en una visita nocturna. A mí me venció la sed de venganza.

— ¿A qué te refieres? —dijo Sylvie—.

Tomka se dispuso a contar a Sylvie algunas tradiciones de los luchadores de la tribu.

—Los mejores guerreros de la noche son suaves y silenciosos, pero me venció la sed de la venganza inmediata. No pude aguantar la muerte de tu abuelo. Y le arreé un guantazo al cacique de McGuire. Mi abuelo, y cualquiera de mis antepasados se hubiera limitado a verlos dormir, desde el silencio de la noche, para tramar una venganza mayor en otro momento más propicio.

—Lo entiendo, y te agradezco que quisieras vengar la muerte de mi abuelo. No te preocupes por tu falta de sigilo, estoy segura de que tus antepasados estarían muy orgullosos de tu valentía y tu bondad. Siempre ayudaste a mi abuelo...

Sylvie, que estaba limpiando la leve herida de Tomka, sollozó en recuerdo de su abuelo, y continuó hablando:

—Ahora que mi abuelo no está, tú eres mi

único apoyo...con McGuire y sus rufianes dominando Cañón Diablo, lo tendremos muy difícil para defendernos y salir adelante. En cualquier momento pueden volver. Buscarán el oro, no descansarán hasta encontrarlo.

Tomka se mostró comprensivo y tranquilizador hacia Sylvie.

—No te apures, Sylvie —respondió Tomka mientras posaba su enorme mano en el hombro de la muchacha, como muestra de apoyo—. No estás sola, Green está con nosotros. Y con él vendrá el apoyo de más personas que seguirán su liderazgo. Acabaremos con ellos, Green y yo nos hemos puesto manos a la obra. La época oscura del terror de McGuire llegará pronto a su fin. Y tendremos apoyo de la gente. Los ciudadanos honestos de Cañón Diablo se han cansado de todo.

De repente, el sonido de un caballo solitario alertó a Sylvie y a Tomka. El jinete guiaba al animal a una velocidad atroz, casi volaba. El indio se levantó y se puso en guardia, en tensión por si era necesario actuar. La tensión hacía notar sus fuertes músculos, y su sólida figura se recortaba al amanecer.

Sin embargo, la sombra que se acercaba a caballo enseguida se tornó de amenazante a amistosa, pues Tomka pudo vislumbrar el alzacuello de Josh Green gracias a un leve reflejo de luz.

—No hay peligro, es Josh —dijo Tomka, mientras el jinete se acercaba galopando a toda velocidad—.

Green bajó del caballo con premura.

—Tenemos que darnos prisa —afirmó el cura —.

— ¿Qué sucede? —preguntó Tomka—.

—McGuire ha ordenado a Kurt volver a la granja para buscar el oro. Oí a Harry ordenar a sus hombres venir aquí para buscar el botín. He podido llegar antes que ellos porque Kurt no estaba todavía en condiciones para galopar, y su banda tardará al menos una hora en organizarse.

—Bien, tendremos tiempo de ubicarnos estratégicamente para defender la granja — dijo Tomka —.

—Sylvie, ¿tu abuelo te dijo dónde estaba el oro? —preguntó Green —.

Green volvió su mirada, inquisitiva, hacia la muchacha, que comenzó a ponerse nerviosa y triste a la vez.

La granja daba poco dinero y ella y su abuelo siempre habían vivido con austeridad, pese a saber que, oculto en algún lugar de la propiedad, la verdad palpitaba: había varios sacos de oro que podían cambiar su forma de vida. Ese era el gran secreto que Smith, en su lecho de muerte, pidió a Sylvie que nunca revelase a McGuire.

—Es un dinero sucio, padre...nosotros

nunca hemos disfrutado de él. Era como una losa en nuestra conciencia. Mi abuelo se arrepintió muchas veces de haber tomado parte en aquel turbio asunto, pero tampoco quiso deshacerse del oro por si en el futuro pasábamos hambre o necesidades. O incluso planeó donarlo a la iglesia. Mi abuelo lo ocultó y nunca jamás volvió a tocarlo.

Sylvie rompió a llorar a consecuencia de la tensión y de la pena de haber perdido a su abuelo, muerto a manos de los rufianes de McGuire.

— ¡No me juzgue, padre! —exclamó la joven, con rabia en su voz—.

—No te juzgo, Sylvie —dijo el cura con un tono de voz amable y cariñoso—. Disparaste para proteger a tu abuelo. Y sobre el turbio origen del dinero, tampoco te culpo...

Green se acercó a la joven y acarició su cabeza con suavidad, para calmar la ansiedad de Sylvie.

—Si tu abuelo decidió guardarlo pero no utilizarlo, eso fue una buena decisión. Creo que fue una decisión ética. Y el gran creador seguro que ya ha perdonado a tu abuelo por aquel asunto. Todos cometemos errores.

Green y Tomka se acercaron a ella con calidez, y el cura posó su mano sobre el dulce pelo de la muchacha.

—No te apures, Sylvie —dijo Tomka —, tu abuelo era un buen hombre. Todos en el pueblo le apreciaban. Tan solo los rufianes tienen el oro en su recuerdo. Si tu abuelo lo guardó, seguro que tenía sus buenas razones. Ni Tomka ni yo te juzgamos. Los criminales son otros, y están ahí fuera disfrutando de sus fechorías y de su libertad.

Entonces, el cura hizo sobre Sylvie la señal de la cruz con sus manos. La muchacha se quedó muy tranquila y reconfortada.

Apenas un segundo después, Green se caló el sombrero, tomó su revólver con sus manos, y dijo con voz firme mientras sostenía con dulzura la cabeza de la muchacha:

—Ha llegado la hora de liberar este pueblo. Apostémonos en buenos lugares para resistir.

Sus palabras sonaron igual de contundentes que cuando cogió su arma en previsión de una auténtica tormenta de justicia divina contra el cacique y sus secuaces. La liberación de Cañón Diablo estaba en marcha, pero todo apuntaba a que sería un duro y sangriento proceso.

****

Tal como predijo Green, Kurt tardó casi una hora en reunir a sus hombres y subirse a lomos de su caballo para asaltar la granja. Con este retraso, la banda reclutada por McGuire se dirigía camino de la granja de Smith para su asalto final a la búsqueda del oro. Pero su ritmo era lento, muy lento.

—No me sostengo en pie —acertó a decir Kurt, apenas de forma incomprensible, pues todavía estaba totalmente alcoholizado —.

Sobre su caballo, el rufián de Kurt se tambaleaba sobre su montura, y caía a ratos sobre el animal. Uno de sus compañeros de la banda, hizo bromas con los otros:

— ¡Espabílate, Kurt! —dijo mientras se reía a carcajada limpia —. No podrás hacer gran cosa ahora que vamos a buscar el oro si vas en esas condiciones.

— ¿Se te fue la mano con el whisky? — preguntó otro, siguiendo la burla —.

— ¡Debiste darte un baño! ¡Ja, ja, ja! — insistió otro —.

Pero Kurt, desoyendo las órdenes de McGuire, no se había bañado. Como resultado, su lamentable estado de embriaguez le provocaba diversas salidas de tono al rufián, que empezó a tramar con sus compañeros una posible traición al cacique, si encontraban el oro.

— ¿Sabéis lo que deberíamos hacer? — acertó Kurt a decir a duras penas —. Si encontramos el oro deberíamos quedarnos una parte, y repartirla entre nosotros antes de darle el resto del dinero a McGuire.

Uno de sus compañeros le respondió:

—Creo que el whisky te hace delirar, Kurt. Si McGuire descubre que le hemos quitado parte del oro, nos mandará eliminar.

—Eso es verdad —asintió otro —. Kurt, mejor permanece callado e intenta no caerte del caballo, estás delirando por el alcohol. ¡Ja, ja, ja!

Todos los demás rieron con fuertes carcajadas, excepto Kurt, que se tambaleaba y su mirada, perdida, se entornaba con gesto de desagrado. Pero uno de los rufianes, después de reírse, acercó su caballo a Kurt y le dijo:

—Kurt, me interesa tu propuesta. Luego cuando terminemos el trabajito y tengamos el oro, nos separamos un momento del resto y tú y yo nos repartimos una parte del botín. ¿De acuerdo? —dijo el hombre —.

—Ok —respondió Kurt —.

La traición a McGuire estaba ya pactada entre dos de los criminales. La cruel comitiva de rufianes fue llegando, poco a poco, a las afueras de la granja de Smith. El sol de justicia ya apretaba fuerte desde lo alto y los hombres de McGuire, especialmente Kurt, sudaban como auténticos gorrinos.

****

En la granja de Smith, apenas nadie había dormido nada. La tensión flotaba en el ambiente. Las horas de espera pasaban con extremada rapidez, como si fueran minutos, y los minutos como segundos. Esa tensión máxima pronto rompería en una fuerte explosión.

Los habitantes de la granja de Smith sabían que los secuaces de McGuire estaban en camino y este asalto sería, probablemente, un punto de inflexión en la tensa situación que vivía Cañón Diablo con la presencia de la banda del cacique.

Se oyó a lo lejos el cabalgar de varios jinetes. Esta vez sí eran los hombres de McGuire.

Tomka cogió su rifle y se apostó junto a la cerca de madera que daba acceso a la granja de Smith. La cerró, aunque a buen seguro esa débil estructura de madera no frenaría a los hombres de McGuire. Pero el indio se puso en guardia y su fornido cuerpo ya se mostraba en tensión, dispuesto para una lucha que se presentaba muy dura.

Green, oculto en otra posición estratégica unos metros a la derecha del indio, se acercó a Tomka.

— ¿Cuántos serán? —preguntó el cura—.

—Por el ruido diría que media docena. Kurt y algunos rufianes más. ¿Hay suficiente munición en la granja?

—En la granja había muy poca munición, pero traje toda la munición que pude encontrar y ahora tenemos balas de sobra para este rifle, y también hay munición para tu revólver y para el rifle de Sylvie. He traído toda la munición que he podido. Tendremos balas suficientes — informó Green —.

Green miró al cielo, donde el sol comenzaba a abrasar con fuerza, y elevó hacia lo alto una petición de ayuda divina. Lo hizo en silencio, sin expresar palabras audibles, pero su intensa mirada bajo el sombrero, hizo hablar sin sonidos al alzacuello que iluminaba un rayo de sol, y Tomka y Sylvie entendieron que, al menos, algo de ayuda celestial recibirían para defender la propiedad de la granja y su propia vida.

—Tú reza — dijo Tomka — que yo también he hablado con mi Dios, que es distinto al tuyo.

Josh Green se volvió y sonrió a Tomka al decir:

—Espero que tanto tu Dios como el mío nos ayuden en esto. Vamos a necesitar toda la ayuda divina posible.

—Sin duda — respondió Tomka — serán mejor dos dioses que uno.

Tomka también sonrió. Ambos estaban nerviosos, pero intentaban disimular ante la cruenta batalla que se les venía encima.

Los jinetes, cual lacayos de un maléfico Apocalipsis, se acercaban a la granja. Sus sombras, no obstante, llegaron antes, con su siniestro presagio. Kurt encabezaba la criminal comitiva. De entre las ponzoñas tóxicas del alcohol, sin mediar palabra, Kurt frenó su caballo y, casi tambaleándose, bajó al suelo al tiempo que desenfundaba y empuñaba torpemente su arma. Tomka mantenía su postura vigilante, pese a los tambaleos casi cómicos de Kurt a causa del alcohol.

El ataque a la granja se avecinaba sin cuartel, duro y sangriento. La actitud de la banda comandada por Kurt presagiaba mucha violencia: los rufianes estaban obcecados en localizar el oro de Smith, e incluso parecían ignorar las peticiones de McGuire para ser más discretos...parecía seguro que alguno de los miembros de la banda planeaba quedarse con el oro y huir traicionando a McGuire.

Sin mediar palabra, Kurt esgrimió con mucha torpeza su revólver, con su mano derecha balanceándose de arriba hacia abajo, y descerrajó dos primeros disparos, fallidos, uno hacia el cielo y otro hacia el suelo, respectivamente. A Kurt le resultaba difícil atinar con sus disparos: el alcohol todavía invadía su cuerpo.

¡Bang, bang! Los errados disparos del rufián alcoholizado retumbaron en las cercanías de la granja, al tiempo que los otros cinco criminales que acompañaban a Kurt bajaban de sus caballos y empuñaban sus armas, con mucha más certeza.

Uno de ellos corrió hacia la posición en la que se encontraba Tomka, a quien pudo sorprender con habilidad, cayendo sobre el indio gracias a un ágil salto.

— ¡Maldito! —gritó el indio —.

El lacayo de McGuire se abalanzó sobre el indio, y ambos rodaron sobre la arena, forcejeando. La superioridad física de Tomka era evidente, por ese motivo otro de los rufianes de Kurt corrió a ayudar a su compañero, y con la cobardía de dos rufianes, entre los dos intentaron reducir al indio.

— ¡Vaya par de cobardes! —exclamó Tomka—. Como uno no puede conmigo, venís dos. ¡Os haré bajar a los infiernos! —gritaba el indio mientras forcejeaba con los dos hombres —.

Tomka peleaba con los dos hombres mientras Green, desde la otra punta de la granja donde había una pequeña caseta de herramientas, se disponía a comenzar a disparar contra los asaltantes.

El cura rompió un pequeño cristal de la ventana de la caseta, y por el hueco sacó su arma. Descerrajó un primer disparo contra uno de los hombres, que había conseguido entrar en la granja. Lo hirió en una pierna, pero el rufián seguía caminando hacia la casa donde estaba Sylvie.

— ¡Argg! —gritó el hombre, mientras caminaba arrastrado su pierna herida —.

Green se percató de que Tomka seguía luchando contra dos hombres, y desde el hueco con el que disparaba su revólver, afinó su puntería, guiñó un ojo sobre el arma para apuntar mejor, y disparó.

¡Bang! El tiro del cura pistolero fue muy certero e impactó en la espalda del cuatrero, que de inmediato soltó a Tomka, y así el indio pudo luchar contra el otro hombre.

Green, sin embargo, no pudo celebrar el tiro porque rápidamente tendría que salir en auxilio de Sylvie. El hombre herido en una pierna se había apostado junto a la puerta de entrada a la casa, pegado a la pared de madera y con su arma en alto. De repente, el hombre lanzó una fuerte patada a la puerta, que cayó al suelo de la casa con poca resistencia.

Desde el interior de la vivienda, se oyó un grito de la joven, asustada por la brutal entrada del rufián en su casa. Sylvie estaba armada con un rifle, pero el hombre, con un rápido manotazo, hizo valer su superioridad física sobre la joven, y el arma de la chica cayó al suelo, dejándola indefensa.

— ¿Dónde está el oro? ¡¡Habla, maldita!! — gritó el hombre —.

— ¡Ayuda! —gritó la joven —.

Green abandonó rápidamente su ventana para ir en auxilio de la joven. Mientras llegaba a la casa, tuvo que seguir disparando para cubrirse de la lluvia de balas que estaban descerrajando los rufianes.

— ¡Sylvie! —gritó Green al llegar a la casa—.

Su llegada alertó al rufián, que se volvió hacia el cura con su pistola y el rifle de Sylvie, un arma en cada mano. El rufián carecía, obviamente, de honor alguno, por lo que se sentía cómodo con la superioridad que le daban dos armas frente al solitario revólver de

Green. El cura, sin embargo, no se amilanó y propinó un fuerte puñetazo al hombre.

¡Zas, zas! Green propinó dos fuertes puñetazos más al hombre, que cayó al suelo por unos segundos soltando el rifle que le había arrebatado a Sylvie.

La joven, asustada por la fiereza de la pelea, se había refugiado tras la puerta de entrada. Pero el rufián, que se revolvía desde el suelo, en un descuido de Green sacó de su cinto de cuero un gran puñal y al levantarse, de un salto, ensartó el filo del arma blanca en el estómago de Sylvie, que se desplomó al suelo herida de muerte.

— ¡Perra! —exclamó el rufián—. ¡Deberías haberme dicho dónde estaba el oro!

El cura no lo pensó ni medio segundo, y descerrajó un certero disparo contra el hombre. Fue un disparo instintivo, de venganza inmediata.

¡Bang! La precisa bala agujereó el cráneo del rufián en su mismo centro, y la sangre brotó al tiempo que el cuerpo, ya inerte, caía sobre el suelo de madera de la casa.

Green se acercó rápidamente a auxiliar a Sylvie. La sostuvo en brazos mientras hablaba con la joven, de cuyo estómago manaba abundante sangre. En la comisura de los labios de la mujer también comenzaba a aparecer un hilo de sangre.

—Padre...voy a morir —habló la joven con

una voz casi como un susurro, y sus ojos se abrían y se cerraban con la lentitud del aliento postrero—. El oro está —levantó con dificultad un brazo para señalar— oculto bajo el suelo, debajo de aquella mesa. Bajo la alfombra hay una trampilla secreta donde están ocultas las sacas con el oro.

—Tranquila...no hables, no te preocupes por el oro...descansa —dijo Green— ahora irás a un lugar mejor. Descansa, pequeña.

—Padre... —exhaló Sylvie por última vez.

Tras sus últimas palabras antes de perder la vida, los ojos de la joven se quedaron abiertos, mirando fijamente al techo de la habitación. Green cerró con suavidad los ojos de la joven. El cura bajó la cabeza, mientras seguían silbando las balas en la granja. Un par de rufianes seguían atacando a Tomka, apostados desde puntos distintos de la granja.

El cura posó con cuidado el cuerpo inerte de la joven en el suelo de madera de la casa, y al levantarse hizo la señal de la cruz en el aire. En los ojos de Green vibraba la rabia y la sed de justicia. Otra tumba más en Cañón Diablo.

Josh Green se dispuso a salir de la casa con la firme decisión de acabar con el cacique McGuire y su banda. Su figura, recortada por el contraluz, aportaba todavía más determinación. Caminaba parsimonioso y firme, con la mirada vigorosa de quien sabe que la apuesta sobre la mesa es todo o nada, que no hay apuestas intermedias. Sus pasos eran firmes y decididos como alguien que sabe que ha llegado la hora decisiva del juicio final en el que no hay atenuantes de sentencia.

Green se agachó para levantar la alfombra que había señalado Sylvie, y ahí descubrió la trampilla. La abrió y en aquel escondrijo pudo localizar dos sacas llenas de oro. Se las echó al hombro. Después se hizo con el revólver del rufián que yacía inerte en el suelo, y, con un arma en cada mano, salió de la casa caminando e imponiendo su sólida figura como dominante. «Este dinero se usará para hacer el bien», pensó cuando cargaba las sacas del oro.

Con sus dos manos armadas, Green caminaba y comenzó a disparar a ambos lados, teniendo siempre en mente la posición de Tomka para no herir al indio con sus disparos.

Los disparos de Green sonaban como truenos del juicio final. No parecía un cura, ni siquiera parecía humano.

¡Bang, bang, bang! ¡Pam, pam, pam! Su forma de disparar era dura, seca, firme y decidida. Su caminar era denso como el de un enviado para ejecutar justicia divina. Los dos rufianes que aún quedaban luchando en la granja, cayeron heridos de muerte sin tiempo para expiar sus numerosos pecados.

Y, de repente, el silencio. El polvo que Green levantaba a su paso...y su imponente sombra eran todos factores que descendían de la firmeza del cura, que se sabía poderoso.

—La libertad vale más que nuestras vidas —dijo al acercarse a Tomka—.

El indio asintió y ambos se miraron con la determinación de dos hombres que se sabían predestinados a la lucha.

****

El pequeño Mike, un niño de 9 años que vivía con sus padres en una granja cercana, había pasado desapercibido para todos los combatientes, pero había estado observando el asalto a la granja desde un rincón seguro. El niño salió corriendo hacia el pueblo, para alertar a los habitantes del pueblo en ayuda de Green y Tomka. A buen seguro McGuire no se dejaría derrocar tan fácilmente y esto era el inicio de una cruenta batalla.

Ante la lucha que se les había complicado de forma evidente, Kurt, el jefe de los rufianes había abandonado a sus compañeros y también corrió hacia Cañón Diablo, para avisar a McGuire del desaguisado y conseguir más hombres para finalizar el asalto, localizar el oro, y vencer la fuerte resistencia de Josh y Tomka.

El hombre, algo más recuperado de su embriaguez, ensilló con premura y azuzó a su caballo con fiereza, mientras abandonaba el lugar bajo una gran polvareda, en rauda carrera hacia el pueblo para alertar a su patrón.

—Kurt está huyendo —dijo Tomka a Green—. Avisará a McGuire. Vayamos al pueblo, ahí podremos acabar con McGuire.

Mike estaba sediento, el calor era sofocante y el camino de regreso a Cañón Diablo se hacía muy duro. El pequeño se situó en el centro de la calle principal de Cañón Diablo y, con el poco resuello que aún le quedaba, comenzó a gritar para alertar a los ciudadanos.

— ¡Han atacado la granja del viejo Smith! —gritó el chiquillo, poniendo sus dos manos a modo de altavoz—. ¡Necesitan nuestra ayuda! Tomka y el cura están resistiendo pero seguro que McGuire también enviará más hombres.

Poco a poco, pese al temor que infundía el nombre de McGuire en el pueblo, hombres y mujeres rodearon al pequeño, que les contó más detalles del violento asalto a la granja. Algunos hombres, y también algunas mujeres, fueron a sus casas a buscar sus armas. Cuando terminó de hablar, Mike se dirigió al saloon para beber un vaso de agua y saciar así la intensa sed.

En la barra del saloon se encontró a la bella Ludmila.

—Hola, Mike —dijo la mujer con dulzura en su voz—.

—Hola Ludmila, ¿me pones un vaso de agua? Tengo mucha sed.

—Claro, cariño. Pero pronto yo también iré

a ayudar a Josh. El tiempo de McGuire tiene que llegar a su fin y todo el pueblo tiene que colaborar.

Ludmila sirvió un vaso con agua al pequeño.

—Sí, parece que algunos hombres están tomando ahora sus armas. Gracias al padre Green, tenemos una oportunidad de ser liberados. Pero no hace falta que vayas a la granja, ellos vienen todos aquí. Deberías haber visto al cura y al indio: eran solo dos hombres y pudieron con la banda de McGuire. El cura era como una fuerza sobrehumana. ¡Cómo disparaba, cómo miraba! —narró Mike con ilusión —.

—Tú quédate aquí con las chicas, es muy peligroso que vuelvas a la granja. Iré a buscar mi rifle y me uniré a la gente — señaló Ludmila —.

Mike tomó su vaso de agua de un solo trago, estaba muy sediento. Al instante, su rostro dibujó una enorme sonrisa que, por todo pago, dedicó a Ludmila. Ella le devolvió la sonrisa de complicidad y atusó los negros cabellos del niño con dulzura.

CAPÍTULO 5.

DUELO SIN HONOR

Cañón Diablo estaba ya en plena revolución, y el nerviosismo inundaba todo el pueblo. La malvada Hannah subió con prisa a su habitación, ubicada en el piso superior del establecimiento.

Allí, asegurándose de que nadie la veía, entró a hurtadillas en su cuarto, abrió su maleta de cuero, y buscó bajo un doble fondo desde donde extrajo un pequeño frasco de cristal oscuro. Más veneno o sustancias ponzoñosas, útiles para sus oscuros manejos. De otro compartimento de la misma maleta, las manos de la mujer sacaron una jeringa.

Con sumo cuidado, Hannah pinchó con la jeringa sobre el tapón perforado del frasco de cristal y llenó la jeringa con un misterioso líquido incoloro. Después ocultó la jeringa en su espalda, bajo sus abultados ropajes de color rojo.

Bajó al saloon, y se sentó en la barra, donde encontró a su hermana Ludmila en disposición de lucha, ya armada con su rifle. Hannah se acercó a Ludmila.

— ¿Dónde vas con tanta prisa? —preguntó Hannah—.

—Tengo que ayudar a unos amigos —contestó Ludmila con una respuesta evasiva, intencionadamente vacía de detalles—.

—Hay tiempo para un whisky. Tomemos una copa, cariño...al fin y al cabo somos hermanas.

—Mejor en otro momento —esquivó Ludmila—, de verdad ahora tengo prisa.

— ¡Oh, vamos! Solo es una copa. Seguro que después de tomarla dispararás mucho mejor — Hannah guiñó su ojo al decir esta frase —.

—Está bien —accedió Ludmila, sin muchas ganas—.

La bella joven tomó dos vasos que situó en la barra. Después se giró para coger una botella de whisky del estante. Hannah aprovechó ese momento para sacar la jeringa oculta en su espalda, y con rapidez vertió el líquido sobre uno de los dos vasos. Ludmila vertió el whisky en ambos vasos y no se percató del líquido que ya existía en uno de ellos.

Hannah tomó su vaso —el que no tenía la droga adormidera— y bebió todo el contenido de un sorbo. La hermana malvada sabía que Ludmila quería unirse a la revolución del pueblo contra McGuire, e intentaba quitarla fuera de la circulación adormeciéndola con una potente droga. Ludmila, sin conocer las maléficas intenciones de su hermana gemela, también bebió de un trago su vaso de whisky.

—Bueno, pues como te empeñaste, ya nos hemos tomado una copa juntas —dijo Ludmila—. ¿Ya estás satisfecha?

—Sí, mucho —respondió Hannah, con una sonrisa de maldad en su rostro—.

—Me voy fuera —agregó Ludmila, cargando con su rifle—.

—Adiós, cariño, que tengas suerte...—dijo Hannah, sin borrar su sonrisa de maldad—.

El mediodía moría poco a poco, pero el sol todavía abrasaba con sus duros rayos en la calle principal de Cañón Diablo, donde todo hacía presagiar que la lucha se acercaba al sangriento final. Ludmila salió de su local, pero comenzó a sentirse algo mareada. La droga inoculada por su hermana Hannah comenzaba a navegar por su cuerpo con mucha rapidez, de la misma forma que sucedió con el periodista Arthur Woods.

McGuire había salido de urgencia a intentar buscar más rufianes para mantener su terrorífico poder en el pueblo, que ahora comenzaba a tambalearse tras la insurgencia liderada por Josh Green y Tomka.

A lo lejos, la luz perfilaba la figura de dos hombres que se acercaban al pueblo a caballo. No llevaban prisa, su cabalgar era pausado y tranquilo. Josh y Tomka se detuvieron frente al saloon y desmontaron de sus caballos.

Varios grupos de vecinos estaban en la calle principal de Cañón Diablo, algunos hombres y mujeres estaban armados a ambos lados de la calle, pero ninguno de ellos hablaba. Todos esperaban a la intervención de Green frente a McGuire.

Green, con parsimonia, se acercó a la mitad de la calle, y se aseguró de que su figura era bien visible desde muchos puntos del pueblo. También era especialmente visible en el arenoso suelo su sombra, alargada y oscura. Allí, en la mitad de la calle, arrojó al suelo las dos sacas con el oro.

McGuire apareció desde una esquina, acompañado de seis nuevos rufianes que había encontrado.

—Ese oro —gritó McGuire desde un extremo de la calle al otro, donde se encontraba Green— es mío. El viejo Smith me debía mucho dinero.

Green no perdió la compostura, ni el

aplomo mostrado desde que tomó la decisión de luchar, pero en su mirada y en sus palabras se albergaba una intensa repugnancia contra el cacique cuando dijo:

—Arrepiéntete de tus numerosos pecados. Es tu hora, McGuire —espetó el cura, sosteniendo en su mano derecha su revólver con la inscripción "Iustitia" —.

— ¿Mi hora? ¡Ja, ja, ja! —con su risa despreció el cacique las palabras de Green—. Creo que ha bebido usted demasiado vino de misa, padre. Se le ha subido el alcohol a la cabeza.

Pese al desprecio, Green continuó hablando con calma pero con firmeza.

—Este oro —dijo señalando hacia las sacas que estaban en el suelo— servirá para reconstruir Cañón Diablo después de que tú y los tuyos hayáis desaparecido. Y será hoy, en este momento, cuando tú pases a la historia.

Tomka, que no se fiaba de los rufianes, se extrañó de no ver a Kurt entre los seis que custodiaban las espaldas de McGuire.

El indio hizo bien en desconfiar, pues McGuire había ordenado a Kurt subirse al techo del saloon armado con un rifle. El duelo entre Green y McGuire no iba a ser honroso, por parte del cacique.

A los dos hombres les separaban diez metros de distancia. Green estaba solo, con su imponente silueta. McGuire con sus rufianes a su espalda. En el centro de la calle de Cañón Diablo, las sacas con el oro.

El cacique Harry McGuire, como siempre, jugaba sucio, y sabía que Kurt estaba dispuesto, una vez algo más recuperado de su borrachera, desde el techo del saloon.

Entonces comenzó a sonar una tenebrosa melodía de piano. Joe estaba tocando, y las notas de su instrumento se hilaban en el tenso aire del duelo. Notas largas y densas combinadas con notas cortas que añadían más tensión.

Kurt estaba tumbado en el techo del saloon esperando el momento idóneo para cometer la fechoría de destrozar el honor de un duelo. El criminal tenía sus dos manos ya dispuestas en el rifle, tan solo a la espera del instante propicio para disparar contra Josh Green.

Pero Kurt no tuvo tiempo de consumar la traición del duelo sin honor...Tomka se percató rápido de su presencia, por el sombrero de Kurt que sobresalía del alero del techo, e inmediatamente el indio desenfundó su pistola.

¡Bang, bang, bang! El arma del indio bramó con fiereza al lanzar tres disparos hacia el techo del saloon. Una de las balas fue certera e impactó en el cráneo de Kurt.

— ¡Argg! —bramó Kurt, exhalando su último suspiro —.

El rufián quedó tendido en el suelo del

techo, y sus brazos inertes dejaron caer el rifle, desde la altura, al polvoriento suelo de Cañón Diablo. Una nueva tumba más para el pequeño cementerio del pueblo.

—Aquí no hay honor — fue lo único que dijo Tomka—.

El cura desvió por breves segundos su mirada hacia el techo del saloon, y pudo ver caer el rifle de Kurt, cuyos brazos quedaron colgando desde el techo.

—Eres un maldito, McGuire —espetó Green—. Te enviaré al infierno, donde perteneces.

A McGuire se le empezaban a torcer sus planes. Con la inesperada muerte de Kurt, el cacique perdía la ventaja que había planeado.

Mientras, Ludmila intentaba avanzar hacia Josh, pero la potente droga inoculada por su hermana Hannah ya estaba haciendo gran efecto en el cuerpo de la joven, y la chica se desplazaba con gran dificultad, tambaleándose de forma cada vez más evidente. Las manos de Ludmila apenas podían sostener su rifle de forma correcta, y sus ojos se cerraban y se abrían con gran dificultad.

— ¿Qué me ocurre? —dijo Ludmila —. Me siento mareada...

McGuire, entonces, vio su nueva oportunidad para obtener ventaja sobre el cura pistolero. Rápidamente agarró a Ludmila por la cintura y se parapetó con el cuerpo de la joven, ocultándose detrás de la mujer.

McGuire, revelándose como el criminal de la más baja estofa que era, usaba a Ludmila como escudo humano. Estaba claro que era un duelo sin honor.

—Tengo entendido que esta mujer te gusta —dijo McGuire con tono sarcástico y socarrón—. Supongo que no querrás ver sus sesos desparramados por el suelo —agregó McGuire mientras apuntaba con su revólver a la cabeza de Ludmila—.

La mirada de Green se cargaba más y más de odio contra la bajeza moral de McGuire. Mientras, la melodía del piano de Joe invadía el ambiente y cargaba la situación con más tensión.

En ese momento, Hannah se acercó a Ludmila y le dio un beso de muerte en la mejilla, mientras decía:

—Tienes que darme las gracias, querida. Gracias a mí, eres la protagonista del clímax de esta historia.

— ¡El whisky! —recordó Ludmila, mientras comprendía que había sido envenenada por su hermana —.

— ¡Tú envenenaste a Ludmila! ¡Eres una arpía, renegada bruja! —gritó Green, ciego de ira—. Su mano derecha apuntó con firmeza y disparó contra Hannah, que inmediatamente cayó al suelo, herida de muerte.

— ¡Maldito cura! —exclamó McGuire—. El cacique, por venganza inmediata, disparó entonces su arma contra la cabeza de Ludmila, cuyo cuerpo se desplomó dejando a McGuire sin su escudo humano.

Cuando se vio desprotegido, el cacique intentó entonces apuntar a Green, pero el cura era un tirador mucho más rápido y Josh disparó contra McGuire, acertando de lleno con una herida mortal en el corazón del cacique.

El cuerpo ya inerte de McGuire se desplomó sobre el cadáver de Hannah entre un abundante charco de sangre.

Green se acercó corriendo hacia Ludmila, que conservaba un ligero hilo de vida. El cura se acercó y, sujetando el cuerpo de Ludmila con sus brazos, se dispuso a besar el ensangrentado rostro de la mujer.

La joven intentaba hablar con dificultad mientras los últimos estertores de su vida se escurrían entre los amorosos brazos de Josh Green.

—Josh...—dijo Ludmila con un hilo de voz, mezclada con la sangre que adelantaba su partida final hacia el cielo—.

—No te esfuerces en hablar —recomendó Green mientras abrazaba y besaba a la mujer —.

—Quiero hablar —agregó Ludmila, con mucha dificultad —. Amor...

—Te llevas mi amor con tus últimos latidos. —contestó Green—.

La joven esbozó una sonrisa al oír las

dulces palabras del cura enamorado. Ludmila usó sus últimas fuerzas para abrazarse suavemente a Green.

—El pueblo...—continuó Ludmila con muchísima dificultad— ¿Es libre?

—Cañón Diablo ya es libre —dijo Green—.

La joven, sabedora de la victoria del pueblo y segura del amor eterno que Green conservaría para siempre en su recuerdo, esbozó una sonrisa aún mayor, y justo en ese momento su voz se apagó para siempre, exhalando el último suspiro. Los brazos de la mujer cayeron sin vida y su cabeza también se dejó caer.

Con gran pena y suavidad, Green depositó el cuerpo en el suelo, se levantó y miró a Ludmila durante varios segundos. Después caminó parsimonioso hasta las sacas de oro, que cargó de nuevo en su hombro, para entregarlas a los ciudadanos de Cañón Diablo.

Los seis lacayos de McGuire que todavía pululaban por la calle central de Cañón Diablo, salieron huyendo: ya no tenían jefe a quien servir y comprendieron enseguida que Cañón Diablo ya era un pueblo liberado. Nunca más sería un feudo poblado de rufianes. Los hombres subieron a sus caballos y rápidamente huyeron y se perdieron en la lejanía.

Green habló entonces a los ciudadanos que estuvieron observando el duelo, hombres, mujeres y niños que por fin habían sacado el valor suficiente para plantar cara a McGuire.

—Disfrutad —dijo el cura con una agridulce sensación en su interior —. Ya sois un pueblo libre. Estoy seguro —agregó— de que ahora conseguiréis que Cañón Diablo sea un buen lugar para vivir. Esté donde esté miraré al cielo y me sentiré orgulloso de vosotros.

De repente, el piano de Joe dejó de sonar. El silencio fue en esta ocasión, sin embargo, un buen presagio como preludio a una nueva etapa para el pueblo. Había llegado el día de la liberación y el pueblo tendría, por fin, una vida sin caciques ni rufianes.

CAPÍTULO 6.

SIETE TUMBAS

Había terminado ya el reino del terror en Cañón Diablo. El hombre causante de ese reinado de terror había muerto, y ahora el pueblo se convertiría en una comunidad de hogares felices y con un futuro brillante.

Pero dentro del corazón de Josh Green había, además de la felicidad por la liberación del pueblo, un profundo dolor por la muerte de Ludmila, traicionada por su propia y malvada hermana, sangre de su sangre. El hombre sentía que no podía permanecer más en el pueblo donde murió su gran amor prohibido. Dentro del corazón del hombre sonaban, a la vez, dos canciones. Una canción alegre y otra triste.

Cañón Diablo respiraba, por fin, libre del yugo del cacique y su banda. Las nuevas siete tumbas con nombre de esta reciente tragedia habían llenado el pequeño cementerio de Cañón Diablo.

Varios de los rufianes de McGuire habían sido enterrados en una fosa común, sin nombre, nadie reclamó nunca nada porque todos ellos carecían de familia o de seres queridos. Las nuevas tumbas llevaban los nombres de Jack, el anterior sheriff, Smith, Sylvie, Hannah, Kurt, McGuire...y Ludmila.

Llegaba poco a poco el atardecer, y con su tenue luz acompañaba la tristeza del momento con sus tonos mortecinos. Josh Green se quitó su sombrero y lo fue rotando con nerviosismo y tristeza con sus dedos, y bajó su cabeza hacia la tumba de la mujer. A su lado, Tomka también mostraba su honda tristeza por la muerte de Ludmila.

Josh Green, el cura pistolero que había liberado al pueblo de Cañón Diablo del duro yugo del cacique Harry McGuire, sentía que debía abandonar la localidad desolado por la trágica muerte de Ludmila, su gran amor. Con él, su fiel amigo Tomka, el indio mestizo, también perfilaba su figura mientras ambos hombres se disponían a salir del pueblo a caballo.

Sin embargo, antes de partir el cura dedicó unos momentos más a permanecer frente a la tumba de Ludmila. Los sentimientos que embargaban al cura mezclaban la dulzura con el amargor: la dulzura por la liberación de Cañón Diablo, por la justicia divina aplicada con sus propias manos, y el amargor por sentir su corazón roto en mil pedazos con la muerte de la mujer más maravillosa que había conocido en toda su vida.

—Ahora eres libre de verdad. Y yo también —dijo mientras se ponía en el pecho la estrella de sheriff que había guardado durante toda esta aventura, y saludaba con su sombrero junto a la séptima tumba. La tumba de Ludmila.

Los dos hombres abandonaron el pueblo pero, a buen seguro, sus aventuras continuarán.

www.ingramcontent.com/pod-product-compliance
Lightning Source LLC
Chambersburg PA
CBHW071435300726
48976CB00004B/1336